遇见最美的青春
——我的留学成长心路

曾雯歆／著

中国广播影视出版社

图书在版编目（CIP）数据

遇见最美的青春：我的留学成长心路 / 曾雯歆著
. -- 北京：中国广播影视出版社，2021.12（2024.1重印）
ISBN 978-7-5043-8444-7

Ⅰ．①遇… Ⅱ．①曾… Ⅲ．①散文集－中国－当代 Ⅳ．① I267

中国版本图书馆 CIP 数据核字（2021）第 196959 号

遇见最美的青春——我的留学成长心路
曾雯歆　著

| 责任编辑：许珊珊 |
| 责任校对：张　哲 |
| 封面设计：贝壳学术 |

出版发行	中国广播影视出版社
电　　话	010-86093580　010-86093583
社　　址	北京市西城区真武庙二条9号
邮　　编	100045
网　　址	www.crtp.com.cn
电子信箱	crtp8@sina.com

| 经　　销 | 全国各地新华书店 |
| 印　　刷 | 三河市同力彩印有限公司 |

开　　本	710毫米×1000毫米　1/16
字　　数	200（千）字
印　　张	14
版　　次	2021年12月第1版　2024年1月第2次印刷

| 书　　号 | ISBN 978-7-5043-8444-7 |
| 定　　价 | 52.00元 |

（版权所有　翻印必究·印装有误　负责调换）

序

首先，请先允许我简单地自我介绍一下。我叫曾雯歆，英文名曾海伦（Helen Zeng）。我在微博上拥有一座"海伦的移动城堡"。自我介绍完，请允许我表达对你的感谢。

很感谢你，愿意翻开这本书。

这是书的序言，可我不想走寻常路。简单来说，我想说说我的心里话。关于这本书，关于我，关于你。

这是我第一次写书，第一次正式出版一本散文集。这本散文集，全部散文的完成、删改、整合一共花了四年时间。2017年到2021年，这本散文集不仅仅记录了曾海伦的留学经历如何彻底改变了她，也是时间流逝、时代更迭的记录。因此它不仅包含个人成长的意义，从某种程度上说，它还拥有时间意义。

全书共分四部分，第一部分"冬日晨曦"，第二部分"夏日骄阳"，第三部分"春日微风"，第四部分"秋日硕果"。

每部分里囊括的散文都代表着我在人生某段旅程中的心境，也是我这三年背井离乡一个人在悉尼读高中的成长心路。如你所想的那般，出国的第一年，15岁的我首先迎来了"冬日晨曦"。

"冬日晨曦"将我在年少时独自一人出国留学的孤独体验文字化，告诉大家："啊，那段旅程，仿佛是冬日般寒冷中的寂寥。"尽管严寒之冬带给我的多是孤独，但"晨曦"却也能在此间盛开，只因年少的我心中充满对爱的理解与渴望。因此"冬日晨曦"绝不是我在孤独时的情感宣泄，它是我在孤独时对爱的另一种理解与盼望。

"盛夏骄阳"有一种将我的16岁彻底在纸上具象化的魔力。每个少年曾经或多或少，都在内心的世界，或者所处的现实世界中，展现自己独有的骄傲的一面。这种幼稚、极端却可贵的骄傲，我称之为"骄阳"。而骄阳通常处于盛夏中，"骄阳"与"盛夏"的共生关系不仅仅是盛夏对骄阳的包容性。可以这么说：只有盛夏出现，并以它独一无二的力量提供给太阳光芒时，太阳才能被称为骄阳；而骄阳的存在证明了"盛夏"的满满生机与活力。感谢我16岁的年龄，成为容纳"骄阳"般我的表容器——盛夏。感谢在我16岁时愿意倾听、支持、赞美我浓烈的傲气的所有人，他们构成了我的盛夏，让我无拘无束地释放我的骄傲，成为自傲、热情、美好的骄阳，她不完美，甚至炽热过了头，却值得怀念。

17岁的我，仿佛一缕"春日"里的"微风"。从"盛夏骄阳"到"春日微风"，两种截然不同的个性的转变，隔着一年也若隔着十年。这时的我，变得更加温柔、和善，我想这是源自"感恩"。

"秋日硕果"总结了我出国四年的转变以及收获。在这一章里，读者可以感受到我的巨大改变。这不仅与"春日微风"的文风形成了对比，也与其他两个章节的文章内容截然不同。

一段经历究竟可以塑造一个人到什么程度？它到底可以改变一个人到什么程度？我想，《秋日硕果》为这两个问题提供了答案。因为文字从来不会说谎，所以一个人的改变，最能够被她写下的文字体现。希望这一章节我所写下的文字，能带给读者全新的体验与感受——不仅是对"作者是怎样的人"和"她如何因为一段经历改变了自己"的体验，还有对"我，作为一个读者，通过看一位作者的改变，能多大程度地改变我自己"的感受。

介绍完了四个章节的主要内容，我还想谈谈我写这本书的动机。记得有一段灰暗的时间，明明是炎夏却让我感觉自己如临寒夜。好在那时我身边有陪伴我的家人朋友，还有那一本本治愈我心灵的书。我所有的不堪，经过他们的过滤都成了淡然与事后的浅笑。他们是我的灵魂之光，是我冬日里的晨曦，让我成为盛夏里的骄阳，为接下来过渡到春日微风做铺垫，结成了我在秋日里的那累累硕果。

从那时候起，我就打算写一本书，不考虑任何利益与后果的书。纯粹是为了感谢与分享。感谢曾帮助过我，带给我温暖与感动的每个人；感谢伤害过我，让我加快长大步伐的每个人；感谢参与过我人生，哪怕最后只成了过客的每个人。我选择分享，是因为每个人都看过冬日里晨曦的模样，每个人都曾是盛夏里的骄阳，都在某时某刻突然幻化成春日里的微风，然后将人生的一段经历结成秋日里的硕果，滋养身心，同万物共生长。

晨曦、骄阳、微风、硕果的美好与不堪都需要被人们感同身受。

我所经历过的故　　　某一协调的时刻，感同你的身受。

再一次谢谢你，　　我的书，给我一个机会，将我所有的爱与温暖、痛与不堪展　　。以此，赋予你一双新的、发亮的眼睛；以我的经历为载体，为你创造出另一种看待"改变的力量"的方式。

这是我的改变之旅，或许也将会是你的改变之旅。

目录

第一篇　冬日晨曦 / 001

中考后　/ 002

虚无的往期　/ 006

心中的小美好　/ 008

离别的花　/ 013

父母的爱情　/ 017

妈，我没钱了　/ 019

爱到底是什么　/ 021

互利关系　/ 022

友谊与情谊　/ 025

那道名为爱的彩虹　/ 029

渺小的伟大　/ 032

对书的爱　/ 033

一封家书　/ 036

微信中成长　/ 038

对2018年的希冀　/ 041

后　/ 043

第二篇 盛夏骄阳 / 045

从前的夏天　/ 046

青春也就这么回事儿　/ 048

星期四的日常　/ 052

最熟悉的陌生人　/ 054

欢喜　/ 056

再见，还能再见　/ 058

要不要选历史　/ 062

剪树枝　/ 064

他属于星辰宇宙

　　——谨以此文致敬霍金教授　/ 066

悉尼的天　/ 068

雨　/ 070

回家的路（1）　/ 072

回家的路（2）　/ 074

女主角　/ 076

曾海伦顿悟了　/ 078

成长的真我拒绝循规蹈矩　/ 080

深夜感悟　/ 082

学习杂谈　/ 086

碎碎念　/ 088

"病人"　/ 090

目录

第三篇　春日微风 ／ 093

　　我的奶奶　／ 094

　　我的妈妈　／ 100

　　我的爸爸　／ 102

　　灯　／ 106

　　天　／ 108

　　外向为引，孤独患者没有药　／ 110

　　读《林清玄散文集》后有感于"禅"　／ 113

　　"发生"的道理　／ 115

　　生命的意　／ 118

　　梦　／ 121

　　浅谈"大连理工大学研究生自杀"事件　／ 124

　　在拥有科学技术的前提下，

　　　　为什么时空穿越不可行　／ 125

　　《我》　／ 128

　　永存的月亮　／ 129

　　梦结束的日子　／ 131

　　一路到底的人生　／ 132

第四篇　秋日硕果 ／ 135

　　"我"终于回归了我　／ 136

　　我　／ 139

　　我思故我在　／ 142

　　立体的我　／ 143

杂谈（1） / 145
杂谈（2） / 146
杂谈（3） / 147
杂谈（4） / 149
杂谈（5） / 152
杂谈（6） / 153
杂谈（7） / 154
杂谈（8） / 155
杂谈（9） / 156
杂谈（10） / 158
杂谈（11） / 160
杂谈（12） / 163
杂谈（13） / 165
杂谈（14） / 166
杂谈（15） / 167
杂谈（16） / 168
杂谈（17） / 169
杂谈（18） / 170
杂谈（19） / 172
杂谈（20） / 175
杂谈（21） / 176
杂谈（22） / 178
杂谈（23） / 180

目 录

杂谈（24） / 182

杂谈（25） / 183

杂谈（26） / 184

杂谈（27） / 186

观茶具有感 / 187

树叶 / 188

朝圣者 / 189

我 / 190

没有尽头的隧道 / 192

句（1） / 195

句（2） / 196

句（3） / 197

句（4） / 198

句（5） / 199

句（6） / 200

句（7） / 201

句（8） / 202

句（9） / 203

句（10） / 205

句（11） / 206

句（12） / 207

句（13） / 208

第一篇
冬日晨曦

冬日晨曦，实则没有冬日，只想给你带来晨曦的温暖。

中考后

我经历的是 2017 年的中考，中考的最后一门是化学。

考试结束时铃声的清脆我到现在还记得。铃声响起的那一刹那，属于"曾雯歆"这个灵魂的情绪全部都在瞬间被释放，而"曾雯歆"的躯壳，也因为灵魂被掏空的失重力，乖乖地贴在椅子上一动不动。

也许那一刻属于"曾雯歆"的躯体也在思考，思考着空白的意义。

可是没过多久她就清醒了，曾雯歆清醒后思考的第一件事就是"今晚该吃些啥呢"。接着迈着大步子，曾雯歆几乎是跳着舞蹦出了考场。结果刚走出校门就被班主任拦下了。班主任对曾雯歆与她的一群小伙伴们说的第一句话不是"考得咋样"，而是"等会儿大家都回班上啊，进行大扫除"。

"靠，怎么那么不人性化！"不知是谁嘟囔个不停。

"我们刚经历完中考，老何还要让我们回教室打扫卫生？"

"不去，我绝对不去，我要回家睡它个三天三夜！"

一直喊着对抗口号的 L 小姐，却在班主任转身走向班上的那一瞬，踩着她那小碎步死死贴着老何的后背。

"嗨，她就是屁！我反正是绝对不会去打扫卫生的！"

说巧不巧，老何在那时不合时宜地大喊了句："大家都快跟上，回教室打扫卫生了！"

我便也耷着头，紧紧贴着 L 小姐的裤腰带了。

回到教室，大伙都坐回了之前上课的位置。

我坐在第五组倒数第二排，靠窗，位置还挺偏。

刚坐回位置上，我观察到第五组倒数第一排的那对男生在密谋什么，并且迫不及待地打算实施了。我知道的，而且是清楚地知道——他们背后是班上的书柜，书柜里面放着同学们的作业。

随着猛烈的"刺啦"一声，宣告着撕书派对正式开始了。

他们撕书时的疯狂劲儿，就像富可敌国的黄甫铁牛忽然抖抖肩膀，卖掉千万房产后用没茧子的手操着铁锄头下田种地。憋红的脸、颤抖的手、熟练又不熟练的样子，还有那眼睛里满含的泪……都让我怀疑他们上辈子是否和书有过什么不可告人的秘密关系，或许还是些因爱生恨的狗血戏码。

周围的同学们里一层外一层都举起了相机，咔嚓咔嚓咔嚓，干净利落。

老何站在讲台上看着大家，一句话都没说。过了会儿，老何浅浅说了句："要劳动了。"

出乎意料的是，同学们竟都臣服于她的命令下，自觉地干起属于自己的"苦"活：第一组的同学拿出书包里的纸巾擦了擦墙；第二组的同学把走道的垃圾都捡起来塞进了自己的口袋里；第三组的同学干脆什么也不干，趴在自己桌上尽情摩擦——美其名曰"快速大面积清理桌面"。第四组、第五组的同学早就开始进行"狂欢仪式"了：交换毕业册，你我悄悄耳语几句……

"其实我……"我朝着李小姐耳语道。

"我也喜欢你，超级超级喜欢你的哦！"她还没等我说完，就已经喊出那句告白情话了。

"你别，别自作多情！我只是想说其实我今晚打算去吃大餐来着！"我捂着脸故作矫情。

但指尖的不断抖动，暴露了在同学录上的那句话——有你真好，我真的好喜欢你啊。

嗨，其实大伙都知道，老何连劳动分工都没有说，咱几个哪能真的死干下去呢？更何况中考前几天，咱班已经大扫除过了。

劳动结束后，大家都下座位自由活动起来。几个男生早就并排坐着，拿出手机开始玩一款叫作"王者荣耀"的游戏。平常爱聊八卦的女孩们也如往常一样围坐一桌，讨论着微博热搜新话题。还有些人成团讨论着中考题目。所有人都有事做，我也在同学录的封面上写下了"曾雯歆"三个字。忽然想到了什么似的，轻轻巧巧起身走向前方斜对面的一桌。也不知怎的我就笑了，然后用略带沙哑的声音讨好地说："帮我写一个同学录吧。"

他开始没吱声，后来说几天后的同学聚会再帮我好好写。

我笑着答应了。

我没告诉他，考完中考后我就要出国了。

望着右边的那些笑脸，又望了望左边窗外的天。一切都发生得很合时宜，天气是好的，我们的心情也是好的。真好啊，毕业也不过如此。

当老何宣布解散时，没有人哭，也没有人笑。我们真的如书里写的那样，平平淡淡地转身，不给彼此留一个回眸的余地。

我目送着大家一个个离开教室，"再见"一直都没有停息。

"瞧你，当初让你当学习上的独行侠，鼓励你最后一个离班，你倒好，等毕业的时候才做了一回独行侠。"老何站在讲台上笑着啜泣。

"谢谢您老何，多余的话我反倒说不出来了……再见……"我小声嘟哝，走出了教室。

我倚着教室外的栏杆，向下望去，一团团五颜六色的伞，都朝着一个方向走着。我鬼使神差地伸出了手，"原来真的下雨了，可我没带伞。我为什么不带伞，其实天气预报说了今天会下雨的。"

我还是哭了。

"毕竟明天又不是周末，你说我们难过什么？明天又不是不能……不能再见了啊……"

站在我旁边的小宣突然也哽咽起来了。

离开学校的时候经过地理园，如今它的名字已经更具诗意了。但园里的那座白色小凉亭还是从没变过，怡然自立，不言不语。

下午的阳光还是一样的温柔，虚浮的光影映照进眼里，勾勒出虚幻的真实。它在问我，还记得吗？

还记得吗？初一的第一次运动会，我们坐在地理园的亭子里，和刚认识不久的陌生人大方分享着彼此的零食。

那个下午的时间定格了好久好久也没缓回来，跑道上 50 米比赛的运动员们跑得好慢好慢。我们在笑，在叫。用不熟悉的语调叫喊着彼此的名字，争着抢着那包五毛钱的小鱼仔。

记忆中的小鱼仔，味道还是一样的好。

虚无的往期

当清晨的第一缕阳光偷偷地溜进窗台，悠闲地躺在窗台上的水仙花下休憩时，我才意识到，期待已久的春天来了。

我不禁揉了揉眼睛，好留住这一缕难得的阳光。

五年前，家里最受宠的"铁头"死了。那是一只很老的乌龟，发现它尸体的时候也是在初春，但是是一个阴雨连绵的春天。雨滴的吵闹无法改变铁头的慵懒姿势——它躺在浅水池里，四脚朝天，头向下耷拉。它没有任何表情，但我猜，它当时一定很舒坦。突然，雨停了，刺眼的阳光射入了我的眼睛，兴许是刺眼的缘故，我忍不住落泪了。

所以每当我遇到这样好的初春日，想起那天的悲怆场景，总是会忍不住提醒自己，铁头一直活着，一直活在我记忆中的初春前。

推开房间的门，我看到客厅橱台上的一抹枯色。记忆中那或许是一捧新绿的草，带着爱的意味，那是前年妈妈送我的生日礼物。刚开始喜欢得打紧，天天打理它那"新的毛发"，喂它甘露，恨不得将它放到枕边，想着它入睡。有时候也会怀疑这小小的一捧绿，会不会是天上的一个神仙，不然怎能如此吸引我，叫我无怨无悔地花心力、费时间照顾它、呵护它。过了一个星期，这一捧小小的绿，当初被誉为"神仙"的草就被我狠狠地抛弃了，不留有任何挽回的余地。那时候，那株小草还带着些许新绿，但大部分已经是枯黄了。我猜它当时会很沮丧，但它也无能为力，被主人遗弃的结局通常只有一个，那就是默默地躺在墙角，默默地死去。

走出家门，我突然想起了一颗被我埋在荒凉地底下的石子。那是去年假期时无聊埋下的。我继续想，继续走。想重新挖出那颗"小寂寞"。可当我重回故地的时候才发现，那块被我视作秘密花园的贫瘠土地上已经冒出了鲜花小草。那些小小的身躯只是被微风轻推了一下，便大幅度地向一边偏，显得那么弱不禁风。我突然又不忍心了，便将锄头扔到杂物间深处。现在想想，当初的寂寞心情已经全然消逝了，那颗代表着我寂寞的小石头也应该早已风干入土，不留一丝痕迹了吧。

沿着家门口那条小路一直往前走，周围的一切都在提醒我曾经的过往——能记得的美好仍然很美好，记不清的悲伤也不消亡。正午的阳光照得人头晕目眩，蝉在杂乱无章地鸣着。路旁的树伸出手妄想抓住天空，那年的景色也在眼前掠过，谁还曾在这条路上轻踏，挥洒着时间的汗水，想踩着春天跑到向往的另一头。场景相似地好笑，我突然明白，在没有了什么东西后，世界并没有什么不同。

我于初晨拜访天空，与天地一同听风，倏然已到黄昏。黄昏中人们放肆地挥洒回忆的汗水，或者泪水，仿佛想提醒自己何为"活着"的感觉。人们眼前会浮现出乱真，真真假假、假假真真，谁又能真的分得清真实，谁又能确定真实不是一种虚幻。

人生是一本书，一本神秘的书。过去被一笔一画记录，未来却找不到正确的解读。这本书的内容很重要，翻阅的结局却也很重要。当你走过那些虚无的"翻书"过程，再回头翻阅，只会发现当初愚氓的自己傻得可笑，却也那么可爱；只会发现颠顶的深渊并不可怕，故事里最美的小雏菊开在崖底；只会发现当初的纯白被恶劣风气渐染，却依然顽强地挺立着，不留一叹让恶乘虚而入；只会发现人生的讣告，也不过是回忆中再见的昭告。

借用我最喜欢的诗人仓央嘉措的一句话：生命中的千山万水，任你——告别，世间事，除了生死，哪一桩不是闲事。

心中的小美好

少女最近总是多梦。想来这是熬夜太多的缘故，又或者是睡前忘记泡脚。

医学上说，梦繁多大概是身体受损的前兆。而少女，对此有不同的解读：梦繁多大概是谁又在偷偷想她了。

最近少女的梦总与一个人相关，关于那个被少女初次暗恋、情愫缠绕的少年。

每当少女梦醒后，脑子便会混乱得厉害，她曾经与少年的故事也忽然像电影一样在她脑海中数次放映。

少女和少年的羁绊，起源于一块少女亲手做的小饼干。少女擅长做小饼干，少女对少年一见钟情，第二次见面的时候，少女就将自己做的小饼干送给了少年，还有少年周围的朋友们。第三次见面，少年对少女说："你做的饼干很好吃。"

在没有做小饼干的日子里，少女总爱想那个少年。想后无聊，便光脚踱去门外。少女家的周围是最好的，因为那里有她最喜欢的石子路。用脚整个踏在那石子路上面，再轻轻抬起前脚趾，后脚发力向前走，令少女感到无比舒服愉快。虽说走起来的姿势很奇怪，但少女依旧喜欢这姿势。她轻轻、慢慢、缓缓地在石子路上踏着，踏的同时将头伸向天，然后闭上眼睛张大嘴巴。忽然开始了转圈。总是转不晕似的，发疯地转。少女幻想着自己是那美萧娘，正着一件由月光纺织的画罗衣兴起翩翩。月下石子路上，无人打扰，却也无人驻足欣赏。因为少女并不是那萧娘，也没有令她辗转反侧的那人为她所倾倒。索性便越发狂妄，少女在月夜里与明月起舞，从此对影成三人不再孤单。

记得张爱玲说过，喜欢一个人会卑微到尘埃里开出花来，那时的少女不是那么认同的，因为她的喜欢卑微到尘埃里却没有开出花来。

在中考完几天后，少女做了一个决定。一个对她来说，惊天地泣鬼神的决定，一个或许能让尘埃里的种子开出花的决定。

少女懦弱、胆小、心怯，却也浪漫。便总是想用一个什么好方法委婉清明地和少年说明自己的心。

有一天，她想起了夏目漱石的一句名言"今晚月色真美"。这句话直译为"我喜欢你"。说来也好笑，当一个人毅然决然去做一件事情时，过程就变得没那么重要了，结果才是最重要的。少女当时的心情早就被模糊了，结果却仍在她眼前。结果就是，少女对少年说了一句"今晚月色真美"，少年回复"所以你的思乡之情油然而生了么"。我猜测，那时少女的心确实是凉了一截的，一种珍视的东西莫名化作沙从她的指缝中溜走。

然后过了一天，少女便不再偷偷点赞他的朋友圈，偷偷看他发的东西了。一切都变得光明正大起来了，"我应该是不喜欢他了吧"，少女想。

所谓暗恋不就是这样吗？就好像琴上的弦，有一根断了，无论其他琴弦再怎么亮丽，也弹不出美好的曲调了。

之后的很久，少女与少年都没有怎么联系了。

突然有一天，少女偶然间看到他在QQ上发的说说，那是一句话，出自日本动漫《夏目友人帐》：

"只要一旦得到爱，只要一旦付出爱，就再也无法忘怀了。"

也不知怎的，少女便立即自作主张地将这句话与她的人生经历联系到了一起。然后又联想起了许多自己与少年共同的爱好：她和他都喜欢看日本动漫，都喜欢吃日料，都喜欢看日本作家写的书。她和他都想去日本旅游，都想去看富士山下的樱花……于是心底本来开不出花的种子倏地破出了土，长出了嫩的芽。少女抑制住内心的狂喜，点进了少年的对话框。

"在吗？"少女小心翼翼地问。

沉默了几秒，少年大概惊诧于少女会发短信给他，但也迅速地回复了"在"。

看到了少年的回复，少女内心的狂喜便再也抑制不住，迸发了出来。但她仍故作轻松，更加小心地发：

"你最近，还在看日本作家推荐栏的书吗？"

"在看，怎么了？"

"嗯，那你，看了我给你推荐的夏目漱石的书吗？还有那几个关于他的小故事……"话一出口少女马上就后悔了，这大概算赤裸裸的暗示吧，那一刻少女真希望少年回答"没有"。

接着又是一段沉默，沉默过后是一串沉重的省略号，后面拖着更加沉重的三个字：

"早看过。"

突然的一瞬间，少女的大脑不受控制了起来，手也不受控制了，便不知怎么飞快地打出了那七个字"今晚的月色真美"，然后点击发送。

少年没有回复。

少女猜，少年或许在笑？并且笑得并不开心。就好像从前在教室前后桌的时候，他因为没有拿到全班第一名而勉强地笑。那种笑没有代表着伤心，没有代表着失落。少女想，这可能只代表着他的无聊与不屑。

少女突然就哭了，毫无预料下放肆地哭了。再也伪装不了快乐与淡然的她，关掉了手机。那天过了很久，她都没有打开那个手机。

第二天，第三天，但是在第四天的时候，她还是忍不住打开了手机。

少年的头像是灰白的。少女打开了对话框。

"——今晚的月色真美"

"——是啊，真的很美"

时间忽然静止了，少女双手捧着屏幕久久不能放下。然后她就笑了，笑得那么深、那么甜。那时她也吞了口唾沫，真苦，是真的很苦。

阳光又洒进了少女的窗里，她在阳光的怀里回忆起了从前的一天，少女美化了现实，为自己虚构的、最美丽的一天。

那天太阳很大，正午的时候晒得人火辣辣的疼。可少女没有撑伞。因为她身旁有一个她最珍视、最喜欢的男孩。少年喜欢被阳光照耀的感觉，那么少女也是。

那时少年与少女相约去书店买书。中午放学，他们便走上了通往书店的小路。

少年走得太快，一直在前面。少女走得也不慢，却只能在后面。仅仅是少年片刻的停留，她与他并肩而立。少年有些不耐烦地说："能不能走快点！"少女却像吃了糖似的低下头一直笑。通往书店的路并不远，可在少女眼里，她和少年好像走了半个世纪。路上少女不经意地提起，"要买什么书和我说就好，为什么要一起来？"少年只是淡淡地回应："你蠢，如果我不跟着你，你会买错书。"

少年一进书店就猛地认真找起书来。那书店不大，也很旧，却有很多书。老板说她的书店开了很多年，而他也是那家书店的常客。当时少年选书的样子在多年以后还一直会忽然浮现在少女眼前：少年眼睛盯着书架上一排排的书，用手慢慢掠过那些书的页壳。少女站在他身旁，不发一语。两人的心跳声、呼吸声被偶尔的一阵微风带向远方。

未尝世事的少女总是羞怯的，少女眼中的光从来不会被正面投射入少年的眼眸中。少女只会在一旁默默地、轻轻地凝望着少年：

少年长得真的很好看，眉眼间都是清隽的意味，眼睛是真的会发光。"他的睫毛真长而且很浓，好想数数有多少根。鼻子是高挺的，嘴巴很薄……"少女想。

突然他转头望向了少女，他们就这么对视着。忽然少女笑了，笑得那么甜。他也淡淡笑了，说："你又先笑了。"

少女立马装作一副很生气的样子，少年却是一幅漠然的样子。为了缓解尴尬，少女立马拿起面前的一本书。书的封面是一幅风景画。少女指着封面的月夜漫不经心地道：这月亮真好看。然后少年又笑了，很认真地回答道：

"是啊，这月亮真的很美。"

天下没有不散的筵席，人生之旅中你我皆是对方生命中的过客。少年与少女的故事也在筵席散后告一段落，成为对方生命中的过客。可是于少女而言，尽管当初的小青涩、小懵懂早已过去，记忆中被留下的片刻美好却能恒久存在。

　　喜欢一个人的感觉真的很奇妙，少女在许多年后也常常会去思考，到底什么是喜欢：你想让他属于你，又想让他自由。想让自己坚持下去，却又因为想到未来的不确定性而放弃。想骗自己忘了他，又在转身后开始想念。想要开始新的生活，却又在看到他喜欢的手工饼干后忍不住流泪。

　　少女最近梦到了曾经喜欢的少年，为了安慰自己，少女想，那是因为对方在想你，你才会梦到对方。可越想少女越觉得是这样的，记忆中少年或许也在想着自己，想着少女有天送给他的手工饼干，那味道很好，甜甜的，还带着花开的香味。

离别的花

很开心,阳台上那盆茉莉花笑了。笑得清淡,还带着淡淡的香。两种淡融在一起竟也成了一种艳而亮丽的浓。这种浓吸引着许多飞虫前来驻足观赏,同时也吸引了曾海伦。

那些飞虫怎会晓得,它们在索取与依赖的同时,也让别人有了与它们相同的爱好。是的,曾海伦也依赖着它们,索取着快乐。

其实快乐这种东西说来也玄,它存在,却又摸不着。它既能让你欢笑洒脱,也能让你暗自神伤。

曾海伦掌握不了快乐,也只能任它穿梭楼宇跳跃;任它飞上云端起舞;任它窜进小溪戏耍。待它倦时再飞回曾海伦身边,让她枕着它入睡。

但快乐已经很久没有光临曾海伦的枕下了。尽管她向万物无尽地索要、汲取,但也体会不到快乐的余味了。

因为曾海伦即将面临别离的苦:飞向另一个国家,开启一段新生活。

很不可思议,曾海伦曾无数次想过离别的感觉:她应该会快乐,因为她有机会继续发散她的愚智,使自己看起来光荣体面;她应该会面有笑颜,因为她有态度继续乐观下去,使新生活主动打开迎接的怀抱;她应该会昂首阔步,因为她有机会将想法大胆倾诉出去,使天空听到新奇的新期许……

曾海伦应该会活得比以前更好,应该不会再思念,应该会忘记从前的悲伤,应该会……

可这毕竟都是应该,对么?

走前曾海伦给好朋友的最后一条 QQ 短信是这样:

"好啦,未来会一切安好,以后会常回来看你的。"

然后她便关掉了QQ,心想再也不使用QQ——何况还是如此悲凉的QQ。

曾海伦突然想起,与所有在意的人的分别,都是在QQ上开始和结束的。

小学时,有一个女生,与曾海伦同姓曾。老祖宗的话——同姓都是一家人,也是颇有缘分的。她们笑起来酒窝的深度很相似,兴趣爱好也有些相似,她们的关系,一句话来说便是"阔别多年如初识,老至终无悔恨心"。

这句话的前提是,曾海伦有幸与她同游美国、墨西哥,从此革命友谊更加响当当的坚固。

接着便是升学初中,曾海伦去了城南,那女生去了城北。后来,曾海伦以为的不可能也成了可能,两人真的没有什么联系了。

两年后,那个女生在QQ空间冷不丁地发布了一条动态——或者说,曾海伦偶然间看到她发的一条动态。

"最爱的你们,我要去加拿大啦,以后会常回来的。"

曾海伦突然颤了一下,紧接着大脑飞速运转,回想着与她的种种。记忆像场瓢泼大雨,在她脑中下个不停,像是要下个三天三夜。曾海伦稳了心神,硬是不让那大雨再下。有些胆怯地不知从何开口,却又坚定地向她发送了一大段话。内容大概是:你这几年过得好吗?应该好吧。你要去别的国家了,祝你未来一切安好……

过了一会儿,又过了一会儿,那女生回复曾海伦了:

"嗯,谢谢。"

这一刻曾海伦承认,她的心凉了。那个刻薄的曾海伦不知从何跳出,开始编撰着一些恶毒的词语。这时理智的曾海伦也猛地跳了出来,让那场记忆的雨继续下了又下。

淋过了大雨,曾海伦突然回过神,然后关掉了对话框。

是什么让人们有了距离感,大概是你的漫不经心和我的想入非非吧。

初中的时候,也有一个朋友与曾海伦分别了。

与他的缘分三天说不完。试想一下,六年前的好友六年后重见,该是怎样两眼泪汪汪啊。曾海伦与他曾是幼儿园同学,接着摇身一变成了初中同学。其中再会的滋味真是妙不可言。但要说实话,若没有家长的提点,曾海伦与他确实都记不起幼儿园的事了。

与其说是命运的安排,倒不如说是身高与老师的安排,让他坐到了曾海伦的前桌。我们的座位按身高来排,刚刚好,他坐第一桌,曾海伦坐第二桌。从此两人便开始演绎电视剧里常见的桥段。

或许是"仁慈"的上帝看着他们那么欢乐,便忍着伤心又迅速将时钟的针拨快了些。

一年过去了,他们换座位了。

换了没多久,他就突然告诉曾海伦:"我要去新西兰了。"

曾海伦记不清当时的心情。只记得放学后,立马拉上她的朋友,去校门口的零食店买了一盒零食,还去奶茶店买了一杯布丁奶茶。

当曾海伦将那一大盒零食送给他时,他笑嘻嘻的,两只手都派上用场了,一只接一只翻,然后顺手拿起一袋撕开吃。他的眼睛里,丝毫没有苦情的光。然后他像想到了什么似的,将手里金闪闪的魔方递给曾海伦,说这是他的离别礼物。然后在曾海伦的印象里他便走了。突然想起奶茶还没有递给他,可他已经走了。最后的最后,曾海伦毫不犹豫地喝起了那杯奶茶,离别的苦楚,便交由那甜得发怵的奶茶消解,消解至不剩一毫吧。

他去新西兰的飞机起飞前,曾海伦发短信给他,他也回了。他说他也会想她的。

故事的结局便是那对话框再也没有亮起。他送给曾海伦的魔方也被拧得七零八落,被丢在墙角。

而如今离别在即,再回想,曾海伦似乎也懂得了一些他们当时的心情。

或许心中百感交集,最后能有力表现出来的只有沉默无声了吧。

换句话说,也只有沉默,才是最好的结局。它不被喜悲豢养,它属于的心情也无人知晓。

有人和曾海伦说,他们羡慕她,小小年纪可以出国留学。这或许也不是羡慕，是她的自作多情歪曲了他们的思想，但大抵都是想像曾海伦一般出国。原因也是多了又多：出国多好，有面子，国外轻松，海归嘛，吃嘛嘛香……

曾海伦也曾和他们有同样的想法。只是那时她不知道，出国意味着她必须经历一段，很多人未曾拥有过的离别的苦楚。

对于那时的曾海伦来说，离别就像雨后玻璃窗上的水珠：一颗大水珠向下落，突然分为两颗大水珠。这就是离别，不值得悲伤。水珠纵然别了，却能依旧在不同的地方晶莹纯洁，闪着自己的光，透得清澈。

无论曾海伦如何论述离别的苦楚，也显得毫无生气可体会。因为爱与不爱一直在告别，人们每天也都经历着他人的离别。经历他人的离别时，只觉得略微心酸，当经历自己的离别后，才明白何为真正的苦。

阳台的茉莉花开了，开得清艳不张扬。每天送给曾海伦它的清香，像是在宽宥她，像是在祝福她，也像是提醒她，离别的苦楚。

望着那盆茉莉花，曾海伦突然想，如果可以写一封信寄给过去的自己，她一定会写：

"你看那早晨的茉莉花多美好，在离别的苦楚到来前，再用多一些时间欣赏她们的美吧。"

父母的爱情

苏轼曾在《江城子》中道："不思量，自难忘。"初读这句话时便已深有体会。年少时想来这大概是爱情最好的模样——我既不会一股脑儿思念你，却又在分秒中牵挂你。你未曾将我全部包罗到你的生活里，却又难忘我们曾经相知相识的瞬间。或许记忆中我还是长长的头发，及腰。不用玩笑说出那句"待我长发及腰……"而你一衫白衣，浅浅望着前方的倩影，柔情早已晕染开来。

2017年，8月29日，星期二。

是很普通又不普通的一天。它在七夕节的后面，照理说写这篇文章是毫无道理的。却不是。今天是我父母结婚20周年纪念日。

小时候就常听母亲和我讲父亲与她的爱情故事，可我偏不听。又或是听了，却从来没想记住。长大了一些，我便主动问母亲一些情爱的事情。这时母亲又和我说了她与父亲的爱情故事。我也讨好似的记住了。

父亲与母亲，是初恋。相识于大学。母亲本着"青青子衿，悠悠我心"之思对父亲爱得热烈。互相惯着，管着。也擦出了爱情的火花。那时父亲决定去外地发展，母亲深谙又是一出为爱远走他乡的苦情戏码，却还是义无反顾地做了。

多年以后，这段铺了些灰尘的往事被重新提出来，抖抖洒洒，竟还是那么炽热、美好。之后的之后，便是有了我。用母亲的话说，苦命中是有了"生命力顽强的调皮鬼"。这时父亲要去考博士，母亲只能一个人工作，供我们家的全部开销。

一年中见到父亲的时间少之又少，两人却仍互相想着对方，真是很好诠释了"不思量，自难忘"。说来也怪，都说越困难的日子越难以忘记，如今想来，小时候那些为浪费一块巧克力而受母亲责骂的事也无法忆起细节了。只记得每一天吃的鸡蛋面很咸，蛋很少，葱很多。

后来父亲北京博士毕业后归来，我们就恍恍惚惚地搬家了。也不记得是何时又以何方式坐上了汽车了。只是记忆中的鸡蛋面，没那么咸了，鸡蛋多了，葱少了。也许还有一刹那，看着我狼吞虎咽吞下鸡蛋面的妈妈笑了。

用妈妈的话来说，这是苦尽甘来。

是啊，同苦后就该是共乐了。我的父母，尽管经历过许多小吵小闹，却总能在转头的时候想起与对方曾经历过的苦与乐，然后去菜市场买了对方最爱吃的菜，回家继续过日子。我的父母，就是能那么有耐心，将爱放到了行动上，将所有的不安与失落抛到天空，然后仰头只带微笑。突然让我想到一段话：

刚刚我在的城市下雨了，现在雨停了。也许雨停后并没有彩虹，却有空气中蒸发后的小雾珠，给人带来一丝清凉。

现如今，很多人把爱情当作游戏，秉持着恋爱只是玩玩而已这一原则，并不想将自己一生投入进去。于是就有许多人说，不相信爱情。

我却还相信的。在对的时间遇到了对的人，他伸出了一只手，你会激动地伸出两只手。他能包容你，深夜拾起地上被你乱丢的衣服。你那所谓对爱情的汲汲营营，会被一颗温柔的心渐渐环绕，等到夜露凝成，夜晚的白月光会代替所有的不安。那些因为风雨受到的情殇，会在他的柔肠中消失殆尽。你的小任性是生活中必需的调味剂，你的小心机会成为可爱的象征……然后在某一场合，他会不那么浪漫地拿出一个戒指，你笑着说"我愿意"，泪水化成氤氲将故事讲给山河听。毫无预兆地，两个人会突然变成三个人……就这么一直走下去。直到你们的双手发皱，身体躺进了泥土里。

我想，对于我的父母来说，爱是一期一会的事。

妈，我没钱了

"妈，我没钱了。"

"现在就给你转，省着些用，这个月妈妈也吃紧。"

"妈，我心情不好，想出去和朋友吃顿好的，给点钱呗。"

"宝贝，怎么了？怎么心情不好呢？发生了什么事？能和妈妈说吗？好，马上给你转钱。"

"妈，我想买件衣服，价格不便宜。"

"宝贝，你回中国我带你去买，一件件试，挑最好的给你。"

"不，我就是要在澳洲买，买衣服要多少钱啊？你连这点钱都不肯给？"

"宝贝……妈妈这个月已经给你很……"

"够了，别说了，不就是抠门想多存点钱给自己买东西吗？你以为我不懂你？你必须给我钱，这是你欠我的，否则你就是不爱我了……"

"……"

不知道从何时开始，我对爱的定义产生了新的看法。我理所当然地认为，爱是必须从物质出发的。如果你爱我，就请给我钱。

对父母而言，我是他们唯一也是最爱的女儿。我要求他们爱我，也就是要求他们必须满足我的物质需求，否则就是不爱我。

但爱的本身就是物质吗？我们是否糟蹋了"爱"这个字眼？

这时候我们从爱的本质出发，爱到底是什么？不同的人有不同的理解。在我看来，爱就是及时雨，厚实的靠山。爱就是利益，能提供给自己机会与好处。

而爱的本质当真如此吗？

019

当你降生到这个世界时,就该明白,未来命运的轨迹已经定好,错综复杂的关系线也已经结好。哪怕前路一片茫然,也不该踌躇着自己的脚步质问身旁的父母"为何不给自己指明一条直抵罗马的大路"。

前世将死之时的你该多渴望再活一次。而你的父母给了你一次重生的机会。除了感激与报答,你还能去奢求什么呢?我讨厌人们一味地嚷嚷"父母欠我的,都是他们欠我的"。

"欠"这个字眼太狠毒了,没有人欠谁的什么。哪怕是最爱你的人,他们所给你的爱,也不是因"欠"而予。

为何深谙如此道理的我们,却在面对父母时,仍任性、野蛮得理所当然?

因为我们缺少感恩。

身边的浮华真假难辨。梦幻泡影也如旭日,新且稚。面对新生的执念,我们难以控制,甚至无法控制。若等到执念最后化成虚荣心才后悔,改之难上加难。要想从根本上解决问题,就得要在一开始就怀揣一颗感恩的心。每天睁眼的第一件事就是呼吸一大口新鲜空气,笑着和父母说早安;认真对待父母烹饪的每一餐,餐后记得说谢谢;感谢每一秒阳光的照耀,享受每一份父母的唠叨;感谢与父母在一起的每天每时每刻,这些小小的馈赠片段会在人生的最后成为一辈子的意义。

其实,物质与爱可是两个八竿子也打不着的东西啊。

之前我在朋友圈发过一段话:"其实我想要的爱根本不是什么高端的口红、奢侈的项链、有牌子的包包……而是能够和爸爸妈妈一起吃一餐饭。"

当初只是写来好玩,可现在我越来越深切地渴望它了。

爱到底是什么

于我而言，
爱是从前妈妈帮我煮的西红柿鸡蛋面，虽然有些咸。
于妈妈而言，
爱是母亲节我写给她的一首小诗歌，尽管那很短。
于爸爸而言，
爱是每天晚上我回复他的睡前短信，就算只是寥寥几句，草草不仔细。

互利关系

我住的区域里常常会出现流浪猫。每每遇到它们，我都会盛上家里的水，再装上一捧子猫粮去供它们吃喝。看着它们欢快地吃着，那颗心最柔软的地方——"同情"便划开了涟漪，我心中一片满足。

于那些猫而言，我就是在天底下提供饭食给它们的救世主；于我而言，那些流浪猫就是给我行善机会，将我的"善良"展示给大家的工具。我们互相利用着彼此，却也未有丝毫不悦，甚至还乐在其中。这互利的关系同时也让我想到我和我的朋友。当节日到来时，我们都会互赠礼物给对方。比如我买一个100元的东西，对方必定会买一个相同价位的东西反赠给我。这是一种礼仪，一种披着友谊外皮的交易。正因为这是一桩谁也不赚、谁也不赔本的生意，所以友谊才得更容易维持下去，友谊的保质日期才能更长久。

需要这样维持的同样还有爱情。有人说："没有物质的爱情只是一盘沙，都不用风吹，走两步就散了。"在爱情中，如果只有一方随心给予，而另一方只是舍命接受，或者只报以对方稍许甜蜜，可以不假思索便能知道两人爱情的结局。爱情于双方而言是平等的，人们怎么能够做到给予除了自己以外的第二个人全部的爱呢？更何况要将爱全部给予几个月或者几年前还是陌生人的另一个人，这任谁都是不愿意的。因为这听起来太傻，不划算，要是真做起来，大家也不会夸你多痴情，只会觉得你人真是愚笨。所以几乎没有人会去做这些，就算有那么些大胆尝试的人，过后定会陷入深深的懊悔中。所以爱情里，"互利"的存在也是必要的。

我时常喜欢这么说——人往往是这样一个模样享受着现在的生活：利用自

己对未来生活的向往，或者对过去回忆的怀念，维持着当下生活的继续。这种我们和过去与未来的互利关系，十分奇妙，却有时也会让我们忽略了当下。就像你在每个深夜里怀念某个人，在每个充满诗意的月夜盼望着某人，但同时也正在忽视那个正在爱着你的人。

你之所以觉得自己不快乐，不是因为你的过去多么辉煌，亦不是因为你的现状多么窘迫，只是因为你正在接受着默默无声的幸福。那幸福很轻，就像春天的雨滴，只会润物细无声，且风过了无痕。你与当下的关系——与当下那个正在爱着你的人的关系，也是一种互利的关系么？

是，却也可以不是。

仔细思考天底下真的有纯粹因爱而单方面给予的关系么？有。世界上每个母亲的爱，都是单方面给予并发人深省的。就拿我举例：母亲提供给我好的物质生活，让我不愁吃穿，不用担心贫穷的降临；母亲也给了我合适的机遇，让我拥有比常人更多几条的选择；母亲照顾着我的衣食住行，让我安逸地度过了一年又一年。相反的是，我仅仅接受着这一切，放纵着自己尽情索取着这一切。在我眼里这些都是我应得的，而回馈给母亲的是永远的无声。是的，我甚至连一句"谢谢"都懒得给予她。这是种毫不对等的关系，不公平到没原则。但我们双方却都乐享这种看似名为"互利"的关系——一个愿打，一个愿挨。于是我常常问母亲为何她要对我如此好，回答我的往往是同一个答案："因为你是我的女儿。"起初听到这答案只觉得母亲在敷衍了事，可深深思考后便不难发现这答案里包含着多么简明扼要的爱，不带肉麻的话语，不贴世俗的物质，却又能深深镶嵌在人体里，着根后肆意生长，结出的爱果味道香甜。这是女儿与母亲间互利的关系，却也是极其纯粹的，一方无条件爱另一方的关系。

我在喂养流浪猫时，的确有时在想"此举可以凸显我的善良，对生命的热爱"。但若对生命缺乏爱意，我连去想的心思都不想花费，又怎么会去喂养流浪猫？我与朋友间互利的相处模式，若没有对彼此的爱与信任，甚至对"友情"的爱做支撑柱，两人拙劣的演技时刻都能被对方拆穿，又何来下一次"互利"

的机会？爱情里的互利关系难道不是另一种势均力敌的甜蜜吗？我爱你——但我也爱自己，因此我索取我应得的，我回报我应给予的。

所谓种种看起来与功利主义挂钩的"互利关系"，其实本质上都与爱相关啊。

友谊与情谊

来悉尼已经有八个月了,和最好的朋友分别也已经有八个月了。还是会偶尔偷翻她的朋友圈,或者刷刷她的微博——想知道她过得怎样,想看看她的美好生活,想品品我们的回忆。刷微博的过程中看到一段话:

"友情这个东西已经被世人捧得太高。其实,它跟永恒没有太大关系,换了空间时间,总会有人离去,也总会有更与当下你心有相通的同伴不断出现,来陪你走接下来或短或长的一段路。所以,不必念念不忘,也不要期待有什么回应,你要从同路者中寻找同伴,而非硬拽着旧人一起上路。"

觉得写得不错,便自然地收藏起来转发给她。转发的过程没有丝毫的犹豫,转发后心中也没有一丝波动。大肆幻想着她的表情,应该有些怅然。

然后她突然回我:"所以你又要在深夜伤感了吗?"

我突然脑子一白,意识到自己真的做了些什么后就笑了,手指轻盈地在手机上摸索,点开了"语音通话"。我与她便开始了八个月没有进行的"互诉衷肠"。

那一个晚上我们聊了很久很久,好像从上个世纪聊到了这个世纪。尽管很长一段时间没有联系,尽管不再存在于对方的生活中,却依然拥有着聊不尽的话题,拥有着同样的笑点、同样的悲伤。没有回忆的铺垫,只是互诉如今生活的点点滴滴,便让我们之间淡了的线又重新恢复了颜色。

我想这大概就是最棒的友谊。

它一直存在,就像那红枫,尽管会褪色枯黄,却仍能在某一注定的时刻重新着上艳色。

聊完后我躺在床上发呆，放歌。歌曲循环播到《仓颉》。

"——多遥远，多纠结，多想念，多无法怀念。"

"疼痛和疯癫你都看不见。"

"想穿越，想飞天，想变成造字的仓颉。"

"写出再让你我见一面的诗篇。"

不知怎么的想起了与她的过往。

我非常相信星座学说，她是狮子座，我是白羊座。星座研究上说我们天生一对，相处起来对彼此绝无二心。

事实证明确实如此。

进初中的第一天，她傻愣地跑来找我，小心地说："我们以前在电梯里见过的，你还记得吗？"那时我呆了几秒，刹那过后我哭笑不得。可心底的天使又催促我撒了个善意的谎，我笑嘻嘻地，大声嚷嚷："当然记得啦，我没想到你也还记得啊！"然后她像解放了天性似的，大喊着："太好啦，那我们就是朋友了。"当时我有些欲言又止，却还是报以微笑。

于是我们便真的成了朋友，成了一对"不明不白"的朋友。

接下来的生活如同电视剧一般，原本陌生的两人忽就相识相知了。一步步了解后摩擦产生了更深的友谊，那友谊美好得如蓝天里的白云，纯粹且洁净。

两人一同去奶茶店，把自己的吸管插进对方的奶茶中，笑着说"我发誓我只喝一点点"，却刺溜将对方的饮品喝下一大半。

两人一同去买校外小吃，用攒了许久的零花钱逛校外一条摆满地摊的街。

两人一同去看电影，却在电影中途一起睡着。后面被片尾曲吵醒，同一时刻睁开眼看着彼此放肆地笑。

两人一同在一张床上睡觉，双脚犹如藤蔓与干般相连相缠在一起，被褥总是被不公平地分配。

两人一同去旅行，在柔软的沙滩上留下足迹。用食指在沙滩上绘出一幅幅笑脸，写下彼此的名字。

电视剧为了吸引观众仍会制造些悲剧，而现实的悲剧也一直存在。

第一篇　冬日晨曦

我与她也有过争吵，那次冷战持续许久，规模大到将共同好友都牵扯了进去。无论多少朋友劝都不听，两人都颇有默契地如那未被五指山所压的孙悟空般顽固。顽固着自己不起眼的骄傲，顽固着可笑的尊严。

其实我们都在等，等待着对方先瓦解自己的顽固，等待着一层台阶让我们从岌岌可危的悬崖峭壁上踏下。可是等了许久许久，那层台阶却仍未出现。

谁也想不到，最后瓦解这坚硬顽固的居然是一杯奶茶。

那天我去买奶茶喝，店员告诉我我想买的香芋奶茶卖完了，只有香草味奶茶。我说也好，但依稀记得谁喜欢喝香草奶茶。我捧着这杯香草奶茶进教室，迎面碰见了她：她将眼珠子使劲儿往上瞪，又立刻转了一转向右瞟。身体整个向右倾斜，想与我"擦肩而过"。

奈何我俩体积太大，轻轻相擦也变成了死命摩擦。谁也不愿让谁，都拼了命地朝前面挤。最后我们都使出了最大的力，成功地突出了对方的重围。而那杯奶茶也很不合时宜地"扑通"掉到了地上，塑料杯顿时破了一个大口子。那甜腻的液体瞬间喷涌而出，与脏的地板融为一体。香草的香味顿时散发出来，幻成丝丝轻烟飞向天边。她一脸吃惊，而我则是一脸气愤，心中的那股恨再也藏不住，已然要爆发出来，我紧闭的嘴唇几乎要张开时，她看着我说："这是你特意为我买的香草奶茶吗？"

我一愣，却又不经思索地回答"是"。突然我们就笑了，她帮我递了纸巾和我一起在地上清理奶茶。

"你怎么那么傻呀，都和你说了很多次，走路要看路，你害得我连奶茶都喝不了了。"

"还不都是你！我刚刚要给你，你却一直挤我！"

"我这不是……着急去厕所嘛……"

那天晚上我胃口很好，吃了两碗饭，很久以后我们再想起从前的那段故事，只觉得天真美好。谁也不会去想到底那杯奶茶是给谁喝的，谁也不会去想谁到底要不要去厕所。

其实所谓友谊，也不过只是一瞬间的利益。当我们愿意深刻认识一个人，愿意用全部的包容环绕他，那便成了情谊。很深很深的情谊，见不到底，触之不及。

很幸运，我与她之间不仅有友谊，还有更多的情谊。这情谊支撑着我们的从前，让我们于滚滚乱世中寻得一憩泠冽甘泉；这情谊支撑着我们的现在，让我们于花开之时领略它的烂漫；这情谊支撑着我们的未来，让我们于迷茫无措间抓住一丝光明。

情至深之时，无谓爱与愁。即使相隔千里，也能展颜欢笑，轻轻低语："今天风轻云淡，你一定也感受到了。"

那道名为爱的彩虹

故事的最开头，天地刚形成，一些人便一直在寻找属于自己的那道彩虹。我便想成为那些人的"其中之一"。一直幻想着有一天，属于我的那道彩虹悄悄降临，然后轻吐清香，敲两下门，提醒我它到来了。在那时，我便拖着我的大麻袋，提着一捆大麻绳，偷偷地抓住它。然后将它藏在我的衣袖里、藏在口袋里、藏到我的枕头下，藏到除了我以外没有人能发现的地方。

从小爸爸妈妈就告诉我："做人不能太自私，要顾着别人。"我一直记得这句话，可是在抓住彩虹这件事情上，我没办法做到大度，我没办法将我的彩虹分享给别人。

寻彩虹的这 15 年，我找的地方换了又换。之前便也没想到从北半球换到南半球了。澳洲的彩虹并不多见。要知道，中国的彩虹仅仅能让我觅几眼，而澳洲的彩虹竟是吝啬到连觅几眼的机会都不给我了。每每下雨后，我都会满脸期待地推开窗子，然后伸着头望了又望。只可惜回馈给我的是一阵阵寒风，加上一个激烈的喷嚏。澳洲的天本并不算冷，可一下了雨，那天就变冷了。照我说，那是老天爷在俯瞰人间的悲惨炼狱。当悲剧聚集到某个程度，便要降下那雨洗刷人们身上的污浊气息。用刺骨的寒来提醒人们"该醒醒了"。或许雨，本身就不是个美好的东西，不是么？

尤记着那是一个下雨的寒天。在我左脚刚踏出火车的一刹那，滴滴冷又刺的小针插进肉里的感觉便席卷而来。那感觉真不好，像是一种骚乱，像小时候被同伴嘲笑般的骚乱。

我撑起伞，像往常一样朝家走去。这就是我的生活——我那平淡无奇、始终如一的生活。原以为逃到国外来的我能过上与众不同的生活。到头来再看看，其实这生活的轨迹倒没怎么变，滋味变了些，却也没想象中那么甜。因为你逃离了家，所以孤独会更深地缠绕你。雨如庞山阔海之势尽情地落坠着，街上的行人却没有一个人停下脚步或仓皇奔跑，人们都成群结队却孤零零地走着。等交通灯时，我双目也如往常般失去神采，灰溜溜地望着对面的路。脑海中只有一个念头——这破灯快变绿，我要回家。

也就是一眨眼，耳旁就响起了一首熟悉却叫不出名字的英文歌，欢快的旋律在瓢泼大雨中笨拙地舞动着身躯，就像马戏团里画花脸的小丑。那么愚笨，那么可笑，也那么可怜。周围人的视线立刻被吸引，我转过头瞟了一眼，又慢慢转过身看向那旋律的发源地：那是一个女孩，大眼睛、高鼻梁、金色的头发……无一不显示着她是澳洲人。她全身湿透，水顺着她的头发往下落，把睫毛、脸颊、嘴唇都打湿了，顷刻间又散到地面与泥土做伴。她似乎很冷，拿着手机的双手在不停发颤——或许说，她的全身在发颤也不过。手机里响起的旋律还在不停地在天空中飘着，听起来那么空灵。人们都在看着她，却没有一个人去帮助她。

没错，这个时候，我的善良开始"作祟"了。善良不停地告诉我："你应该去帮她，你必须去帮她。"可我的行动告诉我："给一个帮助的理由吧，凭什么？为什么要帮助一个外国人？你忘记有些外国人怎么对中国人了吗？你忘记他们说'chink'时的嘴脸了吗？"你给予别人善意，谁可以将善意回报给你？这时，欢快的旋律戛然而止，取而代之的是那首 Michael Jackson 的《We are the world》。

脑中充斥上来的只有几年前的一天，我们在英国奶奶的房子里唱这首歌，爷爷奶奶和我们一起唱的情景。只有那几句歌词"we are the world we are the children"。

那就让我再无畏地善良一次吧。我叫住了她，和她说她可以与我共撑一把伞，如果她不介意的话。很高兴她不介意，我们一起撑着那把伞，朝路的对面走去。很巧的是我们的家在同一个方向，这就意味着接下来的路我们可以一起走，没有人会被淋湿。路途很长，我却感觉很短，短到仅仅被几个"thank you"囊括住全部。快到她家门口时，雨停了。雨后清新的空气飘散到人们的鼻腔里，那感觉很好。突然我又嗅到一丝无名的气味，那有些熟悉，但那到底是什么，什么东西出现了？那个外国小女孩突然大喊一声——rainbow。我猛然抬头望去，是了，我找到了我一直在寻找的东西。这时我望向那个女孩，她的眼睛里有彩虹，清晰又明亮的彩虹。她到家了，推家门而入的那刻还在不停地朝我鞠躬，嘴里还一直念叨着"非常感谢你"。我露出牙齿笑了笑，也朝她鞠了一个躬。回家的那条路变得格外好走，我也将伞收好小步走着。低头是青草在轻酌新露，抬头是一道虹在绽放光芒，这或许就是美好的意义。你给予善意，彩虹和青草会将善意回报给你。

到家的那一刻彩虹忽然不见了，我却也毫无沮丧可言。奶奶从狗叫声中得知我回来了，便快步走来迎接我，她拿着一块毛巾，小心地擦着我的头发。爷爷连忙接过伞，递过热水，急问我有没有淋湿。这时，我又从他们的眼睛里看到了彩虹。噢，彩虹先生，你瞒了我好久呀。

哪里会有如此巧合的彩虹，我一直寻找的彩虹，不过只是我眼里的那份鲜艳色彩——因爱而绽放的彩色的光。

渺小的伟大

悉尼住宿家庭里的爷爷告诉我：在他16岁的时候，他遇到了奶奶，当时奶奶14岁。奶奶一见他就笑，笑得很甜很甜。"就像傍晚那片云彩一样。"爷爷是这么形容奶奶的笑的。就是因为这一个笑，爷爷沦陷了。奶奶在旁边呵呵地附和：

"他见到我的那一刻满脸通红，话都说不清楚，只是一直重复着一句话——你好、你好……我走到他的身前想靠近他一点点，可他却一直往后退。从那刻开始我就爱上他了，他是那么的可爱。"当时没有通信设备，于是他们只能写信给对方互诉衷肠。一封封信，写到他们结婚后才发现信已经有足足一榻桌那么高了。现在他们已经70岁，已到古稀之年，50多年前的点点滴滴却依旧历历在目。在他们身上时间就会过得很快很快，因为他们足够快乐、足够幸福……足够记清楚对方的身影，还能在黑夜中做彼此的路灯，将对方的身影拉得长长的。

遇到这跨越半世纪的爱恋，我只能感慨：真好，他们都还没有遗忘对彼此的爱。瞬间容易，长久艰难。真正的长久是不计得失的，付出却倍感幸福。并且延伸这个"付出"，将它变为自己身体中的一种习惯。就像冰箱里的纯牛奶，每天我都会把它拿出来，在睡前喝下一杯，缺少就会感觉遗失了什么。

这一部分，可意会不可言传的一部分，每个人身体中的一部分，无法被冠名的一部分，它渺小却也伟大。

对书的爱

很多比我小或与我同龄甚至比我大的人都在问我:"是如何写出强有力又触及人性心灵的文字?"通常回答他们的只有三个字——爱上书。

多看书——且要看文学色彩浓厚的书。不谈那四大名著了,不同国家的文学名著也要更深地接触。在我小学五年级的时候,每天放学回家的第一件事便是读书,读外国名著。如高尔基的《在人间》、莫泊桑的《一生》、小仲马的《茶花女》、雨果的《巴黎圣母院》、奥斯丁的《傲慢与偏见》……很多人认为这不适合一个小学生来读,但事实告诉我,这适合。正是因为这些名著,让我第一次产生了对"美"的印象,以及第一次明白了"悲剧"的形成。所以我遇到事情的感触会比同龄人更多,而心底也会更柔软。至于中国四大名著,我早在小学三四年级看过它们的简装版,在接下来的六年级我便重新接触,六年级重点接触的还有《儒林外史》。

上初中后,我重点看鲁迅、老舍、朱自清的书,也会在闲暇时间再重温之前看过的名著。我特别喜欢鲁迅的书,便深入了解了他及他的著作。得知他在日本留学过后,我对日本的文学产生了浓厚的兴趣。于是初三的时候,那本《罗生门》开启了我的日本文学之门。接着我开始接触太宰治、东野圭吾、村上春树、川端康成等人的作品,心中感触三三两两。再往后,我读了那本美国人评日本人的书——《菊与刀》。

前一小半生,我一直执着于对外国文学的探索,如今我才明白,其实中国的文化才是博大精深,尤其是四书五经,是文学、文化的重中之重。还有那本《红楼梦》,更是能够被誉为"人生之书"的著作。

当然，在闲暇时间我也会去读读江南、刘慈欣、唐家三少、匪我思存的书。尽管它们可能不是很正式，却也可以这么说：这些书的某些段落，是充满哲理的。

再说，我真的不怎么喜欢看狗血的玛丽苏文（小时候接触过），因为那文字空有好皮囊而无骨。娱乐之时可以看看，但遇上大问题时……没有灵魂的文字注定得不到青睐，或许说——注定只能得到大众学生的青睐。而一种文字，如林清玄、史铁生的文字，华中透着一股子实，看完你会被震撼，这就是文字灵魂的力量。而不是只有那外部华藻，内部空洞不安。刚刚看了好多高考作文，感觉自己写作的弊端和那些高考考生几乎一致。就是极度想卖弄自己的文采，用些生僻字，这些文字华而无实的质感统统只会被有知识的人称为：幼稚的无知。看得费力难受，而真正好的文字会让人有接着去读的欲望，它可能少华丽，却多实在。这些文字却没有。还有一种通病，就是"执着于对黑暗社会的鞭策"。这很愚蠢，当你没有到达某个高度时，就别妄自写这些东西。你总要明白，写作要来源于生活，更要高于生活。若是你的文字与你的生活一般黑暗，那展现的目的与意义是什么呢？

说实话，不阅读大量的书籍，不接触不同种类的文学表达形式，不在平凡中汲取小规模的灵感，是写不出有灵魂的文字的。现代人的浮夸终究是难以根治的恶疾：总以为我在网上抄抄能抄出一片天；看过某书的热评与简概便算读过这本书了；掌握几个名词便无限卖弄；以政治为名大幅度吹捧己身的高境界思想，用自己的愚蠢思想定义真理，谈论着和平演变却遭遇它且不自知。而这种浮夸还能使人矛盾化，说出来的话、做出来的事、写出来的文字都充满戾气。正如我，我的文字在某种程度来看是"野性的狮子"。这是因为经历不够，思想不够成熟，没能掌握"忍"的核心。唯有你静下心来，才能写出充满爱的文字，赋予你的文字更深一层的内涵。

我一直朝着这个方向努力。

这些只是我个人的愚见。简而言之，多读书、读好书、热爱书，才是能写出充满灵魂文字的要点。希望范本写作能脱离群众，毕竟在我看来，自由汉字的表现力才是最大的。

　　吾日三省吾身，成为更好的自己，写出更好的东西，更加热爱书，让更多人开始与书坠入爱河，是我在往后生活中想要的。

一封家书

亲爱的爸爸、妈妈：

你们好！

当我终于决定写这封信给你们的时候，笔尖却在纸上停留了很久……该从何下笔呢？我有些迷茫，有些失措。也不记得有多久没能和你们好好说说话，也已不知有多久没能好好看看你们。每天上学、放学；你们上班、归家，这周而复始的日子循环往复着，我们都在忙碌中渐渐失去了对彼此的关心。来不及道声早安，同样也来不及说出那句再见，便匆匆转身离开。但我该是很爱你们的，有多爱，或许是无声的爱吧，那大抵也不配被称作爱，因为爱是该开口才珍贵的。

于是我想写些东西，要写下这封家书，给你们，向你们诠释我无声的爱。

记得你们常和我说："人生就好似一列火车，途中所见的万物都是鲜明的。或许有好的景物，亦有坏的景物。不同的时间有不同的风景，有不同的精彩。"从前我总是不信，我不愿意去接受所有坏的事物，我抗拒它们，想毁灭它们，可它们却来得更加猛烈。于是我被伤害，也曾不仅一次看不开觉得生而为人真是苦难。可现在的我明白了之前那些话的真正含义。无论是好是坏，我都会去欣然接受，再慢慢转化成享受。享受每一次上天给自己的困难、障碍，那些都是生命的馈赠。

你们对我的良苦用心永远那么甜，之前我不懂它的真正滋味，现在我好像懂一些了。你们能原谅我吗？原谅我的长大太慢，原谅我的彻悟不快。

还记得小时候，我在树底下埋的木盒子，里面有张小纸片，写满了对未来的期望。每当看到那张充满希望的纸片时，你们都会和我说"要抓紧时间，此时的努力，将来才能有收获"。时光飞逝，在不知不觉中，在与时光一次次赛跑后我或许能够追上它的脚步了。我已经展翅高飞，脱离了原来的那片湛空了，而你们，却在光阴的催促下，两鬓悄然变白……你们终究没有跑过时光。

记得某天我们在凉亭里坐着，你们突然就撑开了伞，迈开了步伐。为什么这样子，雨还没停你们就要走了？我一遍遍问你们，也一遍遍问自己。

"别怕，爸爸妈妈只是去办些事情，你能等雨停了再自己回家吗？"

"我能。"

爸爸、妈妈，我希望你们看见我的成长，不仅仅是我的身体，更是我那日益成熟的思想。

爸爸、妈妈，感谢你们能倾听我的一切。

爸爸、妈妈，女儿永远爱你们！

爱你们的女儿

2017 年 12 月 3 日

微信中成长

不知道怎么了，从 2017 年下旬开始，我就决定不再深夜感性了，所以才会给大家一种错觉——觉得我彻彻底底地长大了。其实我没大家想象中的那样成长得那么快。以前发微信朋友圈都很随意，想发什么发什么，秀生活的内容也时常存在。但渐渐地，我会删去那些没有一丁点营养的内容，渐渐地，我会在每次发朋友圈时都深思熟虑。因为很多叔叔阿姨、哥哥姐姐加了我的微信，这让我受宠若惊，也让我恐惧害怕。他们会想看到我发什么呢？想看我发那些有见解的文章、正义的说辞、正确的价值观？

当和爸爸的朋友们一起吃饭，饭桌上叔叔伯伯都在夸我长大了。说因为我对 00 后印象改变时，我又一次害怕了。其实我并没有大家想象中那么懂事，并没有那么有思想。很多次，我想要去发一些毫无营养的东西，纯粹为了炫耀而炫耀的内容。都在我点击发送那一刻被我彻彻底底删除了。在那时我会去想："当叔叔阿姨哥哥姐姐们看到这一条朋友圈，他们会怎么想？"接下来一连串的肯定句便出现在脑海中：

他们都是见过大世面的人，他们一定会觉得我可笑；他们一定会觉得我物质；他们一定会觉得 00 后有些不可挽救，身上的恶疾如孑孓流动……考虑到的评价越多，久而久之，我便会去自动过滤掉那些物质的浮华了。这非常好，当省略去你为了伪装自己而遍布全身的那些虚无时，你就真的会发现，自己的眼界开阔了。不因为一时的拥有而自喜，不因为没有买到心爱的东西而大发雷霆，不因为父母给予的优渥物质生活而骄傲，这不就相当于"不因物喜，不以己悲"吗？再现实一点说，一直喜欢秀生活的人，通常会被讨厌，被人认为拥有"虚伪到极端的幸福"。

这就要感谢叔叔阿姨们莫须有的给我上了一课,让我懂得了那名为"害怕"的东西。

我发现我很久没有说脏话了。

以前的我真的有些"脏话连篇"。或许是打游戏养成的不好习惯,生气的时候就喜欢骂一句。

同样也是考虑到大家的感受,如果我继续说脏话,这影响是非常不好的。所以我都没有再说脏话了。这同时也要归功于朋友圈的各位。试想一下,当你在前辈亲朋好友面前展露你不好的因时,你得到的果也会是不好的评价。不可能有人不在意所谓的果,这只是人们不能承受重量时郁闷而感发的大借口。

以前的我动不动就喜欢在微信朋友圈上诉苦。我想告诉大家我过得多苦,我的辛苦无人能比。可这是完全没有意义的,即使你说出来了苦水也只能自己咽,如果硬要将不堪的自己展示给别人,那么收获到的最终评价只可能是"矫情""以为只有你苦吗谁不苦"……没有人会同情你、可怜你,他们只会拿着你的苦作自己的乐。勉励着自己、安慰着自己,找出一些大道理——有人比我更加苦,我还能活下去。而讨厌你的人更是会喜上加喜,欢喜得不得了。

以前的我并不是一个乖乖女,可我发现,现在的我却在慢慢变成一个乖乖女。我会主动找一些有知识含量的微信文章阅读,还会去关注亲人的生活。人是真的会变的,蜕变的最大原因是因为看事情的角度变了。而力量大到能颠覆人所有思想、所有自我的,是挫折。当你遭遇到某些挫折时,就会自卑到极点,从而看透很多东西。或许我经历了我这个年纪不该有的挫折吧,这促使我长大。而另外促使我长大的一点是愤怒。同样的,当你愤怒到极点时,你就会成长了。因为极点过后会是一段长时间的冷却过程,在这个过程中,你会不停地发现,也会不停地问自己:"我刚刚为什么要生气?"接下来是疏解愤怒,当愤怒消散后你会得到新的人生感悟。最能促使人长大的是不堪的回忆。如果一个人的往昔过得糟糕,像是阴暗角落里的泥泞般挣脱不开,那么这个人便会走得更快。因为他拼命想摆脱从前那个懦弱、胆怯、卑微的自己,他就会拼命地走,拼命地走。或许只走过几十秒，他便成长了。

在微信中成长，最主要的是靠朋友圈的那群人。其实最根本的道理就是：当你想要成长，不妨去多交些有益的朋友，多见识大的场面，多考虑别人的感受。

对2018年的希冀

希望每天都被晨光唤醒，起身就能饮下一杯暖暖的豆浆。当滋味深入喉时，淌入肚中能帮我叫醒慵懒的器官。

希望能认真对待每一餐饭食，吃到八分饱。不因快乐与烦恼暴饮暴食，不因生活灵感的匮乏而茶饭不思。虽说人是肉而非铁，饭这种东西确实必不可少，减肥这一大业，就用一生来完成。

希望能自律，学习是自己的事，而非他人。为自己而学，成果自然也属于自己。不说高效率地完成制订的计划，起码要按时完成，且少有纰漏。要坚持自己的兴趣爱好，走的每一步都包含自己的希冀。要做自己喜欢的正经事，要大声说出那句"至今为止我做的所有事都是我想做的"。要思考自己的未来，既然还有时间，就去把幼时遗弃的画画重拾，朝花夕拾却为时不晚。要坚持读书，书是治愈一切伤痛的良药……

希望能成为温柔的人。要学会控制好自己的坏脾气，切勿因小失大，对世界善良，再善良一些。

希望在黑暗的冬天还能找到那一株幼苗，待春风到来时，约上三五好友，提上床前的小橘灯，在宁静的夜里，在阳台的躺椅上，悠悠地数星星。一颗、两颗、三颗……数到我们都睡着，数到快乐已成永期。

希望在眼泪忍不住的一瞬间，有张纸巾在身边。

希望悉尼的天别再那么阴晴不定了，一会儿夏天，一会儿冬天。待在这里的人都被逼得"举棋不定"了。

希望一切都能刚刚好，下雨天和太阳天都善于察言观色。友谊也如木桌上的清茗，纯粹得刚刚好。

希望所有在意我、我在意的人，都能在呼吸到早晨的第一口空气时，满怀笑意。

希望每一个认真又勤劳的灵魂，都能欣喜地迎接新的一年，不带彷徨，没有失落。每个勇敢且善良的人，都能被善待、尊重。希望人人都可以说出一句"生而为人，我很幸运"。

好的，不好的，好坏参半的，都已经过去了。人生第一个，也是最后一个2017年要过去了。从现在开始，收拾行囊，说声再也不见，然后带着些留恋的转身，踏上2018的征途。

后

每次读到"冬日晨曦"这一部分，我都会在内心感慨：从前的曾雯歆，那个内心渴望诠释爱的我，真是美好且温柔呢。

写"冬日晨曦"这一部分时，我刚好考完中考，正准备前往澳大利亚悉尼留学。

那时我 15 岁，面对人生的第一次"远征"，内心期待也彷徨，但终是彷徨更多的。所以不难发现，那时候的我，善于体验、描绘"爱的光芒"，因为唯有爱能驱散彷徨。如果年少离家的苦闷与在异国的乡愁是冬日，那么那时候我内心对"爱"的理解，对"爱"的热爱，就成为温暖冬日的晨曦。

这份对爱的理解、热爱，在三年后的曾雯歆眼里，虽然稍显稚嫩，但也不失可爱。

希望大家能以宽容的目光，看待那时稚嫩的曾雯歆，试着体会她的纯粹，试着尊重一个 15 岁少女内心对爱的向往。也希望大家记住这个时期的她，因为她在未来的成长与改变，可是说是扣人心弦、天翻地覆。

第二篇
盛夏骄阳

盛夏骄阳，致我那骄傲的16岁。致那个爱得炽烈，恨得炽烈，极端且情绪化的、存在于个性中的自己。

从前的夏天

　　从前的夏天，太阳通常很大。天空被烧了个窟窿，透过宽洞流出亮堂堂的光。光就那么随处散落着，一个个光点汇集相融，成了支离破碎的太阳。
　　太阳真是叫人又爱又恨，你爱它的明媚绚烂，也恨它的炽热澎湃。
　　学校的体育课，操场上大片大片阳光覆盖地面。当光与地融合时，你分明会找到另一种方式诠释生活的美——静静待，浅浅听。
　　三五好友约上我去"追赶阳光"，我说太阳真炽热，烧得人浑身火辣辣的，要是前些日子有伤口，那伤口准会再次破裂，流脓结痂。因此，每到这浓夏，我就会跑到荫蔽处纳凉，看着远处追逐着阳光的人，心中滋味不甚了了。我何尝不想加入她们，可是我却害怕迈出这一步。害怕，就像自己是阴凉的一摊水，一暴露到太阳底下，就会被蒸发干净。
　　从前的夏天，知了鸣第二声后，匆忙的它就走了。留下的是轻盈的秋，伴着高爽亦云逸的风，和晚街拉长的影子。每每下了晚修后，朋友都会约我在路灯下踏影子，我欣然接受了。路灯下，我伸长了手，妄想用脚使劲儿踩住手。这不和谐的姿势却颇有乐趣，当朋友看着我哈哈大笑时，我心里的防线猛然卸下了。于是月下，我与朋友的笑声传得很远很远，冲到了月亮上，又踩着月亮冲向宇宙。在那时，踏影子似乎成了我人生中的唯一乐趣。或许可以说，我们也只能从忙碌的生活中抽出一息踏影子的时间。
　　从前的夏天，时光总是过得缓慢。尽管我呵斥着这时光，用力鞭打它，它还是那么缓慢。像龟兔赛跑里的乌龟——我若是兔子，如若需待在原地等待时光那只慢乌龟，过几个春秋，或许我都不能等到时光。那时的一天是一年，真真是度日如年。

可是一眨眼，从前不爱在夏天晒太阳的我爱上了浑身充满阳光的感觉。又一眨眼，从前路灯下的影子已慢慢走远了。最后一眨眼，时光早就超过我，向更远的地方奔去了。

从前留给我的是改变，与怀念。

怀念曾经不爱晒太阳的那个女孩，她大概很怕受伤，于是在从前她的保护壳会更加坚固。

怀念曾经踏影子的那个女孩，她大概很容易满足，仅仅是踩着影子就能让她高兴一晚上。

怀念曾经呵斥时光的那个女孩，她大概坚定着实现梦想的决心，那份骨子里的热情可笑却又宝贵。

每个人的从前都很棒，答应我，好好保护好属于你的那个从前的夏天。

青春也就这么回事儿

"还懵懂的,花儿和少年,眉梢眼角带电,近情情怯。花儿长发披肩,少年似同学,纯净但也热烈。"

1

春天里的我们,有梦想,有羁绊,有藏在心底最绵长的失落。朋友贝贝不仅拥有这些的全部,还附加拥有夜晚的忧愁和莫名的焦虑。一天晚上,她突然打电话给曾海伦:"海伦,我觉得我活得好没意义,不想活了。"曾海伦当她开玩笑,因为贝贝经常和她开这种玩笑。尤其在凌晨一点,贝贝满脑的回路都连接着从前的悲伤,无聊的思绪拼命向外迸发。这是习以为常的一幕,于是曾海伦开始见招拆招。

"怎么啦,最近遇上什么烦心事了?"

"没什么,就是觉得现在的生活没有意义,觉得自己活得不开心。"

"那怎样的生活才能算有意义啊?有房有车?年薪百万?功成名就?"

"这不算……其实有意义的生活不关于钱,我只是觉得我不配爱他。"

曾海伦猛地敲敲脑袋,这下水落石出了,噢,原来还是因为他啊。

他,存在于每个人的生活中。他总是带来酸甜苦辣、喜怒哀乐,带来心动的意味和心碎的疲累。

贝贝的他很特别,特别到什么地步呢?若是把七八百个同龄人放到一块儿,准能一秒钟发现他。他很特别,唯一的特别之处就是高,其他方面和正常人无异。偏偏,贝贝就是喜欢他的高。

常能听见贝贝在曾海伦耳边叨叨:"他怎么那么好、那么可爱啊……他昨天摸了我的头,上课的时候我瞟到他的眼光,发现他好像正在看我,你说他是不是喜欢我……还有我和你说,有天我叼着个面包在路上走,迎面碰到他,他突然就笑了,一直冲着我笑……啊,我还没讲完,他刚刚秒赞我发的朋友圈了呢,为什么他会秒赞啊?这是不是意味着他一直关注着我……"毫不夸张地说,这些老套的剧情听得曾海伦耳朵都快要退化残疾了,她也不只一遍和贝贝那蠢姑娘嚷嚷:"别上当,要小心,他只是想和你玩玩……"然而并没有什么用处。

尽管每次受伤后,贝贝都会愤愤不平地连说三个"哼",再用上些许新颖词语去形容他——讨人厌却可爱的大菠萝。尽管每次受到一点挫折后,她就会去发朋友圈:"不爱了,这次是真的放弃了。"尽管她知道这剧情老套,台词旧俗,可还是在天亮之后选择义无反顾地相信。相信自己幼稚的执着,再把它酿成说不出口的遗憾。

因为那次遗憾,贝贝突然就长大了。

她在日记本上默默写下了许多心里话,然后在那个温柔得像海一样的雨夜,一字一句,轻轻诉给曾海伦听。

"我们间隔着大海。正是因为你在海的边际,才促使我划着小桨拼命朝着你的方向赶去。好不容易到达边际,却发现你在海底朝我微笑。突然好沮丧,突然好恨你浪费了我如此多的时间。转念间又想谢谢你,顺便说声对不起。我借你实现了我的爱欲,最后我才发现,我最爱的是我们间遥不可及的距离。"

那天夜里曾海伦没多说,只是一个劲儿地附和贝贝,做一个熟练的聆听者,聆听那些不属于她,却能牵动她喜怒哀乐的故事。

2

春天里的我们,有虚伪,有物质,有理所当然的看轻。有最热切向父母索要零花钱的需求。

"妈,我没钱了。"

"爸,给点钱呗。"

"妈,我想买个包,Gucci 的。"

"……"

这是曾海伦与父母发生频率最多的对话。不知道从何时开始,曾海伦对爱产生了新看法。她理所当然地认为,爱必须从物质出发。如果你爱我,就必须给我钱。

但爱的本身就是物质的索取吗?曾海伦是否糟蹋了"爱"这个字眼?

某天曾海伦坐在床上啃方便面面饼时,她突然就明白:当人降生到这个世界时,未来命运的轨迹就已经定好。哪怕前路一片空白,也不该踌躇着自己的脚步质问身旁的父母"为何不给自己指明一条直抵罗马的大路"。

曾海伦喝了一口热牛奶,又细细想:

前世将死之时的自己该多渴望再活一次,而父母给了自己一次重生的机会。除了感激与报答,还能去奢求什么呢?

在整个方便面饼被曾海伦啃完时,她突然开始讨厌曾经的自己。曾经那个一味向父母嚷嚷"你们欠我的",恶毒的曾海伦。

"欠"这个字眼实在太狠毒了。没有人欠谁的什么,哪怕是最爱你的人,他们所给的爱,也不是因"欠"而予。

"我要的真的是钱吗?还是只是父母对我的关心?"曾海伦在某天深夜自言自语道。

3

春天里的我们,有文艺,有创新,有不甘主流和剑走偏锋的酷。似乎现在流行"变成树",曾海伦周围的人最常把一句话挂在嘴边:"如果有来生,要做一棵树;站成永恒,没有悲欢的姿势。一半在土里安详,一半在风里飞扬;一半洒落阴凉,一半沐浴阳光。"这时总会有一个不应景的人大声喊着:"你们这些愣头绿装什么文雅!"

"是愣头青,蠢蛋!没有装,如果有来生,要做一棵树……这是三毛在《说给自己听》中写的一小段话!"

"话说我最近在看余华的《活着》,推荐你去……"

"我最近在看东野圭吾的书,还有快看漫画更新了,不和你说了,我去看了！"

2018年曾海伦周围的人，似乎比前年又进步了一大截。

总能将旧与新结合，将奇幻与平实结合。先别说"你有freestyle吗"，仅仅是"skr"就带给人们无限乐趣。在这个互联网发达的时代，每天都有新发的生命向旧文化冲击。于是，创新从刚开始被小部分人接受，到后来大势所趋。

曾海伦最喜欢刷朋友圈朋友发的一段段"非主流"文字了。

其中晓雨为花中带愁派，每日都会在朋友圈轻叹"看那花无百日红，年年岁岁花相似，岁岁年年人不同"。立明是豪放与怨妇的合派，携东坡之词大刀阔斧，在那朋友圈犯浑："噫！笑渐不闻声渐悄，多情却被无情恼，嫔妾心寒啊！"小微是日本文艺派，"胆小鬼连幸福都会害怕，碰到棉花都会受伤，有时也会被幸福所伤"是她的文字基调，但本人却是个乐观到不行的开心果。明宣是沉默派代表，长年累月不发朋友圈，并且设置"朋友圈仅展示三天"。还有许许多多po着自拍生活照的人、许许多多做着微商代购的人……他们的存在构成了曾海伦生活的朋友圈。一张张平实朴素或艳丽隽美的脸，都以不同的方式在曾海伦的青春里，熠熠生辉。

曾海伦周围的朋友们，大胆袒露着自己显而易见的心声、发表着超出年龄的见解。他们依旧纯真，他们有时也相信"成长是人必经的溃烂"。

盛夏里的他们啊，是一个个炽烈的骄阳，却也会在夜晚来临时冰冷、暗淡了光彩。他们是复杂与矛盾的结合体，他们有灵气、才气与志气，也有稚气……

他们渴望被认可，他们需要被认可。

星期四的日常

星期四，下午两点四十五就放学了。曾海伦今天到家特别早，也不知道是云慢了还是火车快了。出站的一瞬间只有几个零零落落交叠的重影印在大地上，略显苍凉与孤寂。

沿着那条路，曾海伦大步跑回家。路上阳光很强，暖中却有一股绝望的气息。石板地将热感传到曾海伦的鞋底。她掏出手机查了查温度，嚄，31度。

曾海伦心想着好累，走不动了，却还拼了命地往前走，像是在和什么人赛跑似的。但回头看，眼底斜延的石路依然岑寂。

到家门口，拿出钥匙，开门，换鞋，关门，去厨房倒了一杯水……

日复一日重复着同样的事情。

进房间，换睡衣，她坐到了床上。

上眼皮好像被下眼皮吸引住了，那股困意突然就上来了，曾海伦沉沉地睡了。

唤醒她的是渴，而她身边恰好有一个杯子，杯子三分之二的体积都被水填满。曾海伦小小地嘬了三分之一的水，然后靠着窗户，向外望。

下午六点半，夕阳的余晖恰好从远方的天际飘洒到这儿。那夕晖亮极了，像是要驱散人们身上的邪祟般。是接近希望的光亮，其中存在一种幸福与美满。

爷爷在楼下的小花园里铲土浇花，夕晖的作用下，他毫不倦息。是小心的，快活的——曾海伦总会想，他该很爱花。但却不然，那花是奶奶的心爱之物，每每曾海伦接近它们，奶奶总会让她小心再小心：观花的时候身型要小，可别不经意挡了它们的阳光；观花的时候情绪要稳，可别不小心扰乱了它们的呼吸；

观花的心情要好，若是心情不好，可别连累它们也跟着不高兴……

再远一些望，隔壁家的那三个孩子在玩着蹦床。

世界上最好的介质一定是风，孩子的笑声通过风传得很远。幸运的是，那份纯真的快乐没有因为传播距离的遥远而渐渐变弱。曾海伦打开窗子朝他们招了招手，大喊了声"hi"。

孩子们回了她一声声害羞的"你好"。

六点三十六了，曾海伦想，是时候迎接最强的夕晖了。

曾海伦把窗帘高高拉起，将房间的镜子移到最右——最靠近窗的位置，几乎就是一瞬间，一股希望的气味冲进曾海伦的鼻腔里。瞬间化作一股"味道"。那滋味如酽茶，唯一的形容词便只有浓烈了。

这时曾海伦把手掌张得开开的，让五根指头互不搭理。

夕晖为手指镀上了金边。把手指握紧，接着便是整个拳头被镀上了金边。

只可惜没过多久夕晖就走了，但是曾海伦深知，它明天还会来。甚至有一种灵感在她脑中萌生。

夕晖其实一直都在，曾海伦发现了，却没有承认。

你看那刚开始令人绝望的阳光，不就是夕晖的另一种形态吗？

曾海伦顿时对夕晖又爱又恨。

最熟悉的陌生人

我们的生活中，或多或少都存在那么一位"最熟悉的陌生人"。你熟知他的身高、体重、年龄、生日……你把房间贴满了他的大头照、半身照、全身照。你把他的样貌使劲印在自己那所剩空间不多的心里，你甚至连他脸上一颗淡淡的痣长在什么地方都清楚地知道。或许你会比他更了解自己，但你们没有关系的牵连，浅薄的关系也仅次于陌生人。

这就是明星与粉丝的生物链。

你是否曾深深爱过那个人，在每个带着蝉鸣声的夜里，悄悄躲在被窝里刷关于他的新闻？

你是否曾深深想过那个人，将每个看过的美好故事桥段中的主角换成他和你，也会在闲暇时间杜撰你和他的专属故事？

你是否曾用整个青春爱一个人，爱一个从故事开始就注定不属于自己的陌生人？

还记得你为他写的诗吗？

你说他是一月的小桥流水，伴着些许鲜绿，与日光微醺，风意微凉并肩而行。二月窗帘为习习风所吹散，屋数间，难觅他身影。三月的幸福刚刚发芽，他与时光在春雨中漫步。无名的花在四月盛开，夹杂着无法向他说出口的话，同样在心底盛开。更别说五月的一腔热血，比六月更加明媚。七八月的余热未退，鲜绿却开始褪色。于最后一抹绿褪色之际，九月到来。

最寒冷的10月，仿佛之前的美好从未发生过一般，孤独与死寂弥绕风中，无生者之气，他的身影也随着死寂渐行渐远渐无书。

11月，心底的一丝遗念促使你再去关注他，只可惜水阔鱼沉何处问，梦又不成灯又烬。等到最接近新年的十二月，那个人，令你念念不忘的人离开了。离开的时候，他不发一声响，也不想让你知道。你清楚知道他走了，而且再也不会回来了。心中竟是释然。

我和你隔着光年距离，我们互相触碰不到彼此，原来"爱不一定要习惯远距离"。

明星与普通人的关系，大抵就靠着"过客"这一名号或尘埃与光那不对等的关系支撑着。

你是我的过客，我是你光芒下的一颗尘埃。正是因为你的光，让微小的我显出形状，努力地靠近你，也想变成一束光。然经年后，你还是一道光，只是这一道光没有照亮我，而是为别人闪耀。可在多年后，我也不会是一颗需要你照射才能显现的尘埃了，脱离了光，我能从尘埃变成风，向着自己的那个太阳飘去。

欢喜

知道吗，有些喜欢是夜里从未黯淡的星光。

正是因为只能望着、憧憬着，才弥足珍贵。

抓不到星光，这并不是遗憾。相反，这是一种无疾而终的美好。

人的一生不一定要轰轰烈烈，没有开头的结局也是故事的一章节。未曾拥有过，所以一直在期盼与渴望。

所以才拥有了深夜感情伤怀的药引，

抑或是感动他人的事迹。

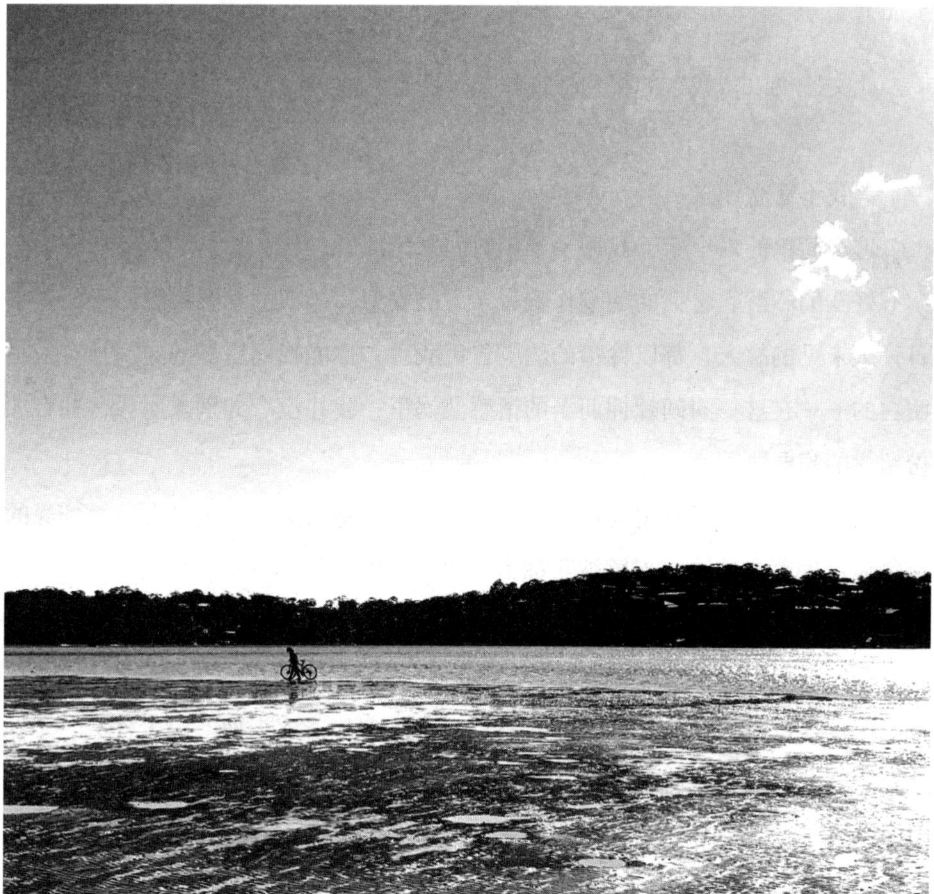

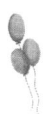

再见，还能再见

此文，仅以"我"的视角述说我某个朋友的故事。

1

"我不喜欢他了。"

这么简单的六个字，我用了半年时间来诠释。

好友的不解、电话的嗡嗡作响；亲人的安慰、循旧的劝慰口吻……就连平日许久未见的故人，都以怜惜的韵脚告诉我："你能找到更好的。"只有我是明白的——在这一瞬间蜂拥而至的情感漩涡里，我并没有如别人所料，拥有那份留念的脆弱执着。

有是可以的，没有也是可以的。我从不会刻意去追寻，也没有卑微到底的勇气。这种莫名的淡定无感被我称为"感性的理性"。

这是种可笑又悲伤的情感，而我们都在修炼这种感性的理性。

2

第一次冷战，源自一次他的无意略过。我不知道那天他经历了什么、不知道他起伏的情绪、不知道他苦不堪言的沉默，只知道他看似轻松地忽略了我。这是我第一次在心底萌生了释然的光景。

"在他眼里我多低声下气，凭什么每次都是我去找他，凭什么他想理我就理、不想理我就无视。我多好多骄傲，他没有资格让我折服。"

于是一场互不理睬的好戏上演了，剧本陈词滥调，角色演技精湛。其实我在等，在等一条平铺在脚下的退路。后来，原谅是多情的产物，他只不过给了我一足砥地，我骄傲的倔强就生出了退路。再后来，无论多少摩擦与争执接踵而至,我都可以自行退步了。

其实这也怪我,世上本没有退路,走的次数多了,也就成了路。第一次的退后绝对会衍生更多主动的懦弱,可我们无法避免,更是必须退步。

3

第二次大吵大闹,因为他在外面搞暧昧。美其名曰:"只是普通朋友。"此刻多甜的蜜语都是无用功,我忍无可忍。

我说分手吧。他突然慌了,用眼睛死死盯着我,嘴角有些恳求的意味。那是一种近乎奇异的神情,就像你家小狗突然不听使唤坐在原地一动不动了,留下远处骨头孤零零地躺着。可我不明白,他到底在看我,还是在看地上的那根骨头。

这种诚惶诚恐,没有一刻的不安,分明是对我的蔑视。我愈发的愤怒,愈发的下定决心脱离这滩泥泞。

倏然他抱住了我,眼泪还没经过大脑就已经发热沸腾。自从喜欢上他,拥抱就是最良的解药,流眼泪也成了自然的生理反应。

所以我又一次原谅了他的拥抱,又一次败给了自己的眼泪。

4

第三次无可挽回,因为一盘游戏。七夕节的晚上,他坐在电脑桌前。冷眼望着打团战的他,我无言。熟稔地顺走了外套,关掉煤气,把炉上刚烧的水倒了。一气呵成中有一丝叹息,却无人察觉。

轻轻地,门被关上了。

走在街上,我脑中记忆如糨糊。我回忆起了许多。我的包容,每天小小的溺爱:早餐的那碗面里永远多了一个煎蛋,牛奶不冷不热。冰箱柜子的井井有条,都那么不合时宜。

突然我就想通了,竟是一滴泪都没有挤下。我的爱能将他宠坏,可我也想要一份能将我宠坏的爱啊。他还是太幼稚,所以属于我们最后的结局只能是错过。

四肢传来的凉,透彻身体,悄悄蔓延进心里。

我讨厌现在忘本的我，更厌烦如今幼稚的他。后来我还会想，我们的感情，真的是被他的幼稚打败的吗？我们的零度关系，真的只是因为一盘电脑游戏吗？我对他的爱，真的永恒不过期吗？

冰冻三尺非一日之寒，如今我算是明白这句话了。

5

没人提起我不会发觉，2008 年只存在于十年前。没人提起我不会发觉，对他我最深爱的，是曾经阳光下睫毛的倦怠。

他是自私的，我也是。所以我们负负得正，再见说得干净利落。

我没有删除他的联系方式，他也没有。我们的再见还是充满仪式感的，诉说了彼此曾经的深爱，祝愿了往后的岁月峥嵘。

朋友善解人意的不指点，避免了新创口的发脓溃烂。我也坚信他已经在我的心底渐行渐远，对于曾经的尴尬只字不提。只是在某一夜晚突然吵吵嚷嚷要去健身，午睡的憩时，想去街对面的火锅店大吃一顿；早起的一刻，还想过立刻收拾好行囊逃离世界。

这感觉好比清晨拥有了夕晖，两个对立的事物存在且不矛盾。也像茶与酒，爱与恨；早晨的感性，夜晚的理性。

无数次的键盘前拼出那四个字，又一次次删除；一遍遍点开他的朋友圈，想捕捉仅有的柔情；总讨好地避开要点，故作无意向朋友打听他的消息。在几次偶遇中看着对方的背影，喉咙竟挤不出一个字。

但反复过着隐藏的生活，也就习惯了，于是练就了感性的理性。也不会有人明白，修炼的过程中我们经历了多少个无眠的深夜，拒绝了多少次卑微的心动。

可我们明白，因给予而被伤害是必需的，痛苦与思念并行不悖。

6

也许下次再见面的时候我会盯着他的眼睛说"你好"，也许我还是不敢上前搭话，再或许我身旁已经多了一人，我牵着他的手，也如往昔牵着你的手一样。

不管想过多少个或或许许，无论偷偷期待过多少次漂亮的偶遇，我都已经能理性去面对与他的"孽缘"了。

其实我也不知道我心里那朵盛放的花到底有没有彻底枯萎。不过我把曾经与他的故事都偷走藏了起来，闲来无趣时将零零碎碎的片段构思在一起，也够走过一生了。

还是会寂寞，还有些孤单。不过我且爱且走，借着一摊影，也能萌生释然的光景。

我们在得到与失去爱中成熟，也未免不是件幸运的事。

要不要选历史

十一年级要到了，老师在周一晨会上催促着大家赶紧选课。

这可难倒我了，选课这东西，明明之前距离我还很遥远，一动不动的样子，真让我忘了它还会一溜烟儿冲到我眼前。

"也许它并不遥远，只是你将蓝天作为参照物了。" Sylvia 于是说道。

"如果你把自己作为参照物，你会发现它正以光的速度 299792458 米每秒向你走来。"

"看你这架势，是决定当一个理科女了吧？"

"是啊，你还是想当文科女？你要是真选文科我对你的敬佩之情犹如那大河上下滔滔不绝，我的脸会像刚开放的花朵一样向你微笑……"

"打住，你还是说英文吧。" 我假笑了几秒钟，随后转身走开。

我打开备忘录，郑重地写下了"数学、物理、化学、生物"八个字。在国内时，我的理科一直都是弱项，文科虽不是最强但与理科比起来真是绰绰有余。

"我真打算学理了，选文不太实际。" 我点击发送键将短信发送给爸爸。

"你得想好，毕竟理科你也不是那么擅长。"

"在国内是的，可国外我的理科还算挺好的，加上国外的文科实在太难……"

"那历史呢？你最喜欢的历史你还学么？"

"我的意识告诉我要选，可我的行动告诉我不要选，我是真害怕，你不懂，上历史课的时候我心是崩溃的。"

"看你决定吧，爸爸无论怎样都支持你。历史作为业余爱好就行，不用刻意去学。"

我关掉了对话框，陷入了沉思。

"你觉得我该学历史吗？"我问一位朋友。

"行啊，学呗，努力就能学好。"

……

我害怕，历史作为文字型的学科需要大量的阅读与写作。用母语学习历史就已经称不上简单了，更何况用第二门外语去学习……要和当地人比拼胜算肯定不大。

我也期待，期待历史带给我的挑战性，期待学好它而产生的满足感……

回家的路上我和朋友顺路买了杯黑糖奶茶。我刚喝了两口就被那甜得发腻的奶茶呛得咳嗽，我摆着手叹气，朋友突然问："那你当初为什么要买黑糖奶茶不买平常喝的珍珠奶茶？"

我突然就想通了，最终我还是没有在备忘录上写下历史这两个字。

喜欢如同那羊，困难如同羊背上的毛，你骑在羊背上，烦恼那羊毛真多。那你为何不一开始就选择，不骑那头羊？仅仅是为了向别人炫耀自己"有机会骑在羊背上"吗？

发人深省。

喜欢羊的方式有很多种，你可以把羊领回家当宠物养，也可以把羊烤了当晚上的夜宵。

也许这是懦弱的说辞，是因为讨厌羊毛而想出来的牵强借口。可我比较喜欢吃羊肉，而你比较喜欢骑在羊背上，大家都在以不同的方式爱羊。

有时候，所谓"懦弱"是退一步的阶梯，是另一种形式的审时度势。为了迎合某一刻瞬时情绪的冲动是永恒的孤岛，没有出口，也没有退路。

剪树枝

今天是家里一星期一次的劳动时间，我刚到家就被伯伯赶着去剪树枝。

戴上那超大号且又脏又臭的手套时，我内心是拒绝的——当然，脸上也写满拒绝。可一周一次的劳动时间已经定下，当初接受这一"霸王条款"的我只好横下心蛮干起来。

我并非是那种娇滴滴的大小姐，小时候也常帮家里做事情。我家有两层楼，第二层楼最有特色，因为那层有爸爸的小花园。那时候每到周末，爸爸就踩着楼梯走到二楼，咚咚的声音可没少吓坏我。接下来拉着、提着，软磨硬泡、威逼利诱，硬是要我帮他一起施肥。

那时的花园里立着的可都是"大人物"。先别说一丛丛颇有娉婷姿态的牡丹了，光是那一枝清新不俗的玉兰，都惹人无限瞩目。哪怕是躲在角落里最漠然的"勤娘子"，都有着几个爱慕的人哟。挨着这几个美人的，是位"西公子"，西公子那藤有力且长，他朝着栏杆使劲儿地抓啊，将花园的栏杆抓得微微发疼。我琢磨着何不加一位"冬公子"，或者"南公子"，可家里的瓜实在太多了，任凭我们如何放开了分，都分不完，又怎能再多几个累赘呢？

我不懂施肥，每次总是很快地草草完事，接着坐在花园的石凳上放空自己。那时我喜欢看天，喜欢听风，喜欢闻香，最喜欢思考，思考一些平常不常想的事情。

我想着，爸爸定是最喜欢那茉莉了。因为每次施肥，他总给茉莉施的肥料最多；

我想着，爸爸为何不去植一棵桂花树，那样秋天一来，我们就能吃上桂花饭了；

　　我想着，如果以后有机会我要好好养一池荷，然后学着古代大文人一样对风轻吟"小荷才露尖尖角"。

　　想着想着，风变温柔了。静谧而踏实的夜晚，也悄悄来了。

　　思绪被剪刀的停顿拉回，我使了吃奶的劲儿去剪那根粗枝，可就是剪不断。伯伯手把手教我，说我没有掌握剪树枝的要义。我似是认真地听着，可躯壳里的灵魂早已飞出去了。

　　那灵魂立着，对风轻叹：

　　"剪不断，理还乱，是离愁。别是一般滋味在心头。"

他属于星辰宇宙——谨以此文致敬霍金教授

星期三下午最后一节课是音乐课。下课铃临响之际老师突然叫住了大家，说有事要宣布。大家正嘟嘟囔囔着有什么大事会发生呢，突然：

"霍金教授死了，他死了。"

一瞬间教室里的沸腾声渐降下来了。大家面面相觑的同时也在质疑这条消息的真实性，冷不防有人大喊："是哪个霍金？哪一个？"

"史蒂芬·霍金，著名的物理学家，他死了。"

伴随着这句话的是刺耳的下课铃声。那一刻占据我大脑的只有那一句"你在开玩笑吗"。但我没有吼出来，因为我的手机屏幕在那时亮了，页面弹送的第一条新闻就是——著名物理学家史蒂芬·霍金去世，享年76岁。

心情低落到谷底，眼神突然就飘忽了。老师宣布完霍金教授去世学校乐队停止训练一天这事情后，就把我们赶到了教室外。

下午三点十分，太阳正在热头上，那火辣辣的阳光毫不留情地刺伤过路人的每一寸肌肤。一寸一寸，直至人们的娇柔殆尽。在那一刻我体会到了惋惜的疼痛，还有一些不甘——我似乎也在慢慢变成别人的历史了。

谈起霍金，我总能让我的语言成为滔滔不绝的黄河。倒也不是有多了解他，只是他的一生都影响、鼓励、激励着我。

小学第一次看到关于他的文章就深深地"爱上"了他，当得知他还在世犹存时我既惊喜又意外。感慨我也曾和历史存在在同一个时代的同时，对他的敬佩之情深了又深。了解了他的生平往迹后那一段"我的手指还能活动，我的大脑还能思维；我有终生追求的理想……"影响了我整个人生，所以我常常会笑着打趣，天啊，他是凭着多强大的毅力与死神对抗。支撑他活下去的是他最爱的物理，又或者是……不过这些已经不重要了，现在他已经乘着死亡的列车通往他最爱的宇宙了。

初中时我偷偷买了两个版本的《时间简史》，它们至今还在家中书柜里摆放着。或许已蒙上尘埃，或许早就破旧不堪；再或许它们的灵魂也已经随着霍金教授的逝去而远去了，只留下躯壳待后人评说。

悉尼的天

悉尼的天着实奇怪。

天欲来风雨之时，空中便静静淌着一穹黑乎乎的云。然后过了片刻，云渐渐散开，阳光又洒了出来。如此反复，无一新意。让人不禁烦闷起它的反复无常，连带着些许飘柔柔的心情，也跌落下来。无聊的时候，我就喜欢望着天。这一点令我深感不满。我估摸着虚拟来把玩，一直幻想着找点乐趣。只可惜倚遍阑干，只是无情绪。而此地的无聊真是太多，它们把天当作潇洒的天地，把树当作憩凉的小椅，把溪当作解渴的水井……它们跑啊跳啊，愣是生生将自己的"欢气"洒落到了每一个地方。

这时候，更多的情绪便替代了无聊。

是孤独。

孤独到每一分每一秒，孤独到骨子里。

我多想去吃火锅，"去啊，去啊"。心中的声音一直叫唤个不停。这时我只要说，我可不想一人去。那声音就停了。

我且歌且唱，不必在意面子问题，因为家里一直只有我一人；我欢呼雀跃，吊儿郎当地走在大街上，不必在乎他人心理，因为街上只有我一人；我尽是发了疯似的狂，尽是下一秒要被抓进精神病院，尽是大喊：我的我要爆发了！

也尽是，静悄悄的一片，无人知晓。

多么深的孤独，深得可怕，深到悲哀。

然而面对孤独，酷爱每日三省吾身且自认聪明的我们却无能为力。

你认为忙，可以解决孤独吗？

答案是不能。忙顶多解决一时的孤独。然而到了深夜，身体里感性的你又会偷偷跑出来作祟，它揭开你最深的伪装，卸掉你最浓的妆。这时你看镜子，面对着镜子里的那个人，突然想起了什么。打开了手机又想做什么。你疯狂地想找一个人倾诉，哪怕是一个你不在乎的人，一个与你毫无关联的人。你想发泄、想发疯，因为你把最脆弱的自己展现出来了啊，凭什么不能发疯？凭什么？是啊，你能发疯。但第二天起来，身体里理性的自己又出来了。看着前一天深夜做的傻事，你会懊恼，会后悔，甚至羞愧。你说你不会，你或许今天不会，明天会。或许明天不会，后天会……或许许多年后会，或许死之前会。你总会后悔的，这是宿命不能改变。所以当孤独的时候，别做傻事。总要相信，你的欲言又止会成就将来的美好。没有什么过不去，只是再也回不去。

你认为吃，能解决孤独吗？

或许能。就我来说，吃是解决孤独的好方法。而吃泡面是吃里面最好的方法。我会在家烧一锅水，看水煮开了的滚沫，然后放一板面进锅里，用小勺搅上一搅，接着撒料，放菜包。我会幸福地感叹，今天菜包又加大了，然后拿出冰箱里的火腿和蛋，直接放火腿，将蛋液打散，使劲打散，这时看着不断被打散的蛋液泛着白色的小泡沫，我又惊喜了。不禁赞叹自己打蛋技术又上了一个层次。然后一股脑儿将蛋液洒进锅里。再等那么4分钟，搅、捞、盛一气呵成。一板小面，两袋调料包，半勺油蚝一盘栲栳栳，七两火腿，一个鸡蛋。加上一个最喜欢的碗。完美的一餐。当煮得刚好的面汤入嘴时，你会欣喜得如痴如醉。"原来自己的手艺如此之好！"你应该对自己重复这句话。简而言之，当你孤独的时候，不妨去尝试一点美食。而在享受美食时，不妨多夸赞自己，也多给自己被夸赞的机会。

当你享受美食时不妨多想想：我比别人多一个机会享受美食，赚！

不妨多想想：我的胃又享受了一次，爽！

不妨多想想：我开心了，开心的人最长寿，好！

孤独啊，或许就是人必经的磨难呢。它就像濒死的天空，蓝是暗沉的。当你无法笑着说出天空是生机湛蓝时，不妨想起一句话：

没办法拯救天空，就把它想成深沉的大海，然后赞叹大海深邃的美丽。

雨

下雨啦。
拇指盖儿上的透明珍珠，
是粉色的。
粉鞋上的泥渍，
格外突兀；
雾气渐渐被吸入鼻里，
身体内每一处干细胞都在舞动；
工蚁在家里发出搭巢后的叹息；
蚂蚁的脑细胞湿漉漉的，
像我的头发。
今天的另一个宇宙下雨了吗？
或许不，
或许吧。
这还不都是，
神对地球慷慨的馈赠。

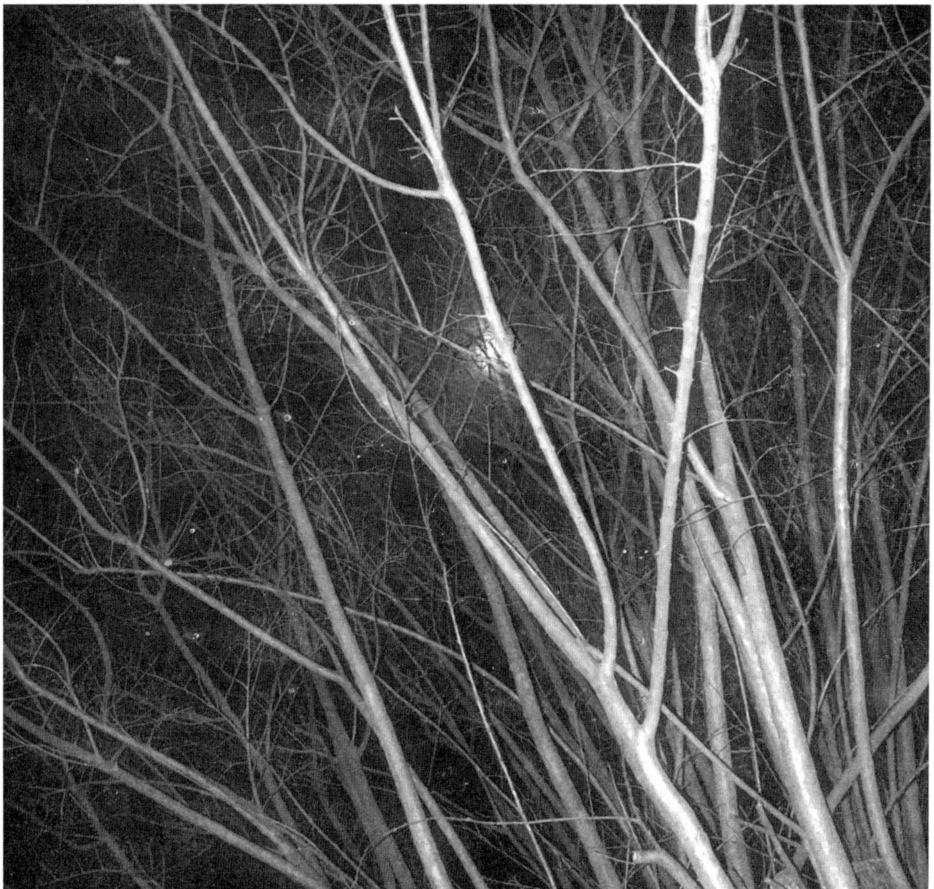

回家的路（1）

回家的路上，耳机里的音乐很轻松。

隔着车窗和世界的五彩缤纷擦肩而过。心里装着的是假期想吃的美食，窝在家里做自己喜欢的事的舒适，和爸爸妈妈饭后散步时的晚风。假期把消极的情绪悄悄盖过，突然就对这世界生出更多欢喜。

啊，原来我还活着，真好。

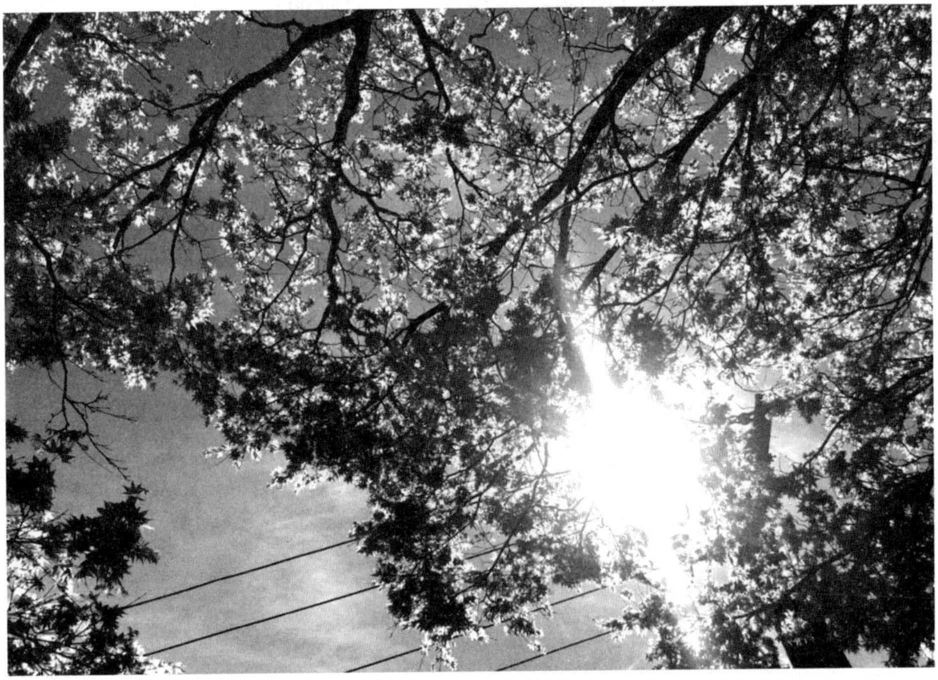

回家的路（2）

曾海伦家离火车站步行有 22 分钟的距离。对她而言，这自顾自独处的 22 分钟，不属于一天中最快乐的时光，却是 24 小时中最悠闲的时间段落。

下午五时初分，天边已然浮现了些许早开的晚霞。更多的却是蓝：晴的浅蓝，阜与天交汇的深蓝。

走过半程路，还是被蓝追逐着。这种你追我不赶并不累人，像是一种深情的陪伴。它催促曾海伦快些走，再快些，但有心的赶路人分明是它。

是了，曾海伦昂头望着天迈步走，这像是什么？天在走动。猝不及防出现的苦树，那是隶属于秋天的产物。枯叶挡住她的视线，这像是什么？叶在走动。

家，黑暗中路灯的暖光是标志。

曾海伦突然就明白，任世间万物溜走躲开，原来只是她在走动。

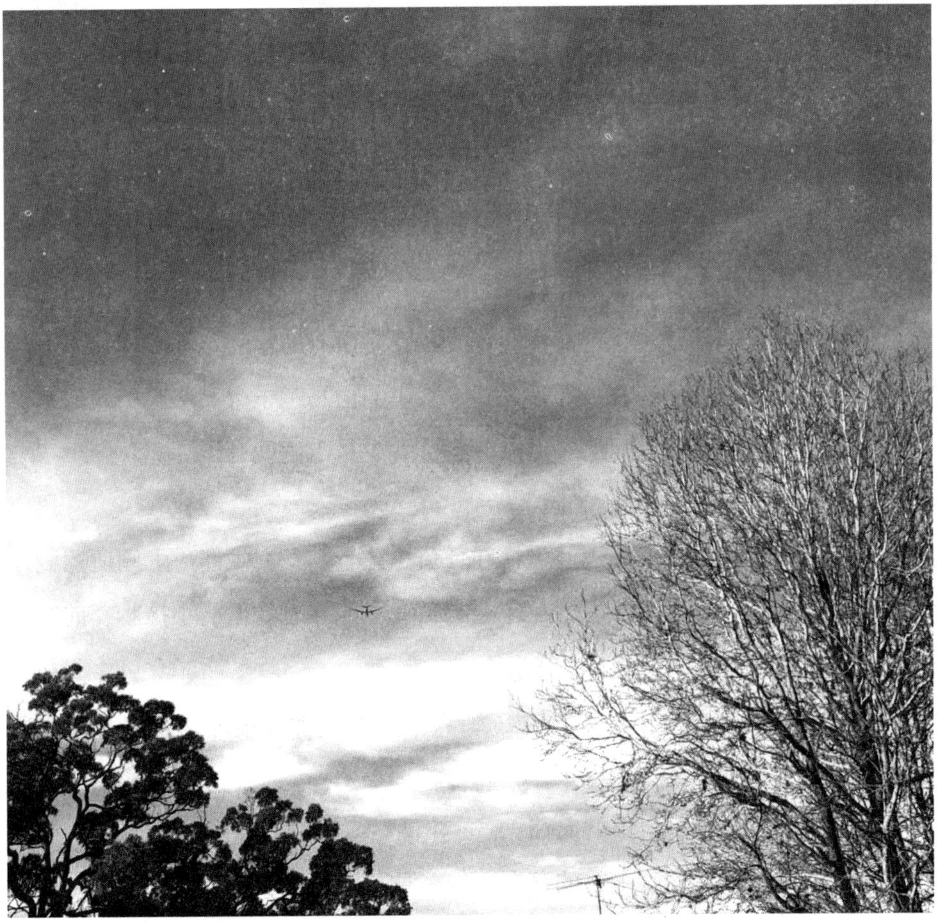

女主角

我从不觉得自己是现实生活中的女主角。

女主的好朋友不算,恶毒的女配也不算。"女主"这个词离我八竿子远,如果硬要扯一些关系,女主家门口前那条凹凸不平的水泥路我或许走过。

我与女主的故事交集几乎为零。我可能以小概率"有幸"在某一秒钟,充当女主和男主接吻的背景板。

但更大的可能性是,我"有幸"错开了女主所有的小甜蜜。

那些时刻的我——在家中呼呼大睡,梦中的白马王子微笑牵起了我的手。

我用尽一生想要获取的那一点点幸运,女主从出生就有了。

但我才不可怜呢!

女主能随意吃炸鸡、火锅、蛋糕和章鱼小丸子吗?女主能边上厕所边刷牙吗?女主能在某一天毫无斗志瘫在床上吗?女主能穿着暴露的小抹胸,向路边的小狗眨眨眼吗?

女主除了男主谁都不能爱,女主纯真专一的样子好像开在雪山之巅的蓝莲花。

什么都阻挡了她对自由的向往。

所以有时候啊,"女主"的存在更像一种"臆想化"未来。它强制定义了我们对生活的渴望。

这种女主化思想,潜移默化了当代少女的日常生活,让她们无时无刻不极端化自己的需求。

这种畸形的、可怕的、被羡慕的、令人向往的……"人设",恰好成为阻碍人们思想进步的绊脚石。

换句话说，谁规定了路人甲的世界就是不美好的呢？

啊，伟大的上帝，请让我们这些路人甲快乐、自由且幸福地老死在这世上吧。

曾海伦顿悟了

　　曾海伦做梦也不会想到，促使她感情伤怀、惹得佳人泪湿面颊的，不是"句句英文看得眼乱"的无知，也不是"长夜漫漫唯我肚饿"的无奈……

　　她顿悟了，在家中二楼最尽头的浴室里。

　　被吞进肚子里最绵长的失落，随着花洒的热水滴一起，向外迸发了。

　　明明已经被液化的苦水，在曾海伦体内，由于某些系统的紊乱：不知怎的，被汽化了。随着水温过高，气体压力增大，然后——"嘭"的一声，都不用。

　　曾海伦，进化了。

　　让时间倒流回 20 分钟前：

　　这个星期天如往常一般：星星在人们的期盼中，仅仅用了 12 个小时，就重新登上天幕。

　　曾海伦也在傍晚的冬天，脱光了衣服，一刺溜冲进了浴室。

　　目的只有一个：开最烫的水，取暖。

　　当温暖的液体顺着睫毛划过颧骨时，曾海伦闭上了双眼。

　　她突然就感受到沉浸的宁静了，像坠入了北极洲的汪洋，只不过海水被某个水温加热器控制了——像取消雾面效果的温泉，又不像。

　　于是，曾海伦被某种神秘力量牵引进了长达几亿年的星河里，在那片净土上，她想起了今天早上吃的酪梨加全麦面包；肚子里的食物残渣突然翻滚起来，她又想起了两年前在国内吃的那家韩式烤肉——因为那顿烤肉，她大病三天，期间夜夜呕吐，肚子里的酸水仿佛要溢出来。

　　最后，她想起了学校饭堂里的牛肉汉堡。那汉堡自从让曾海伦发烧 38.6

度后，在她的世界里消失了踪迹。

最后，她睁眼，眼前的真实让她哭了。

没有多大的预兆，也没有多深的眷恋与孤独为此作点缀。

仅仅是正常情感的发泄，却让她意识到自己作为人最深的感性：

成长与改变。

成长的真我拒绝循规蹈矩

越来越不习惯外放自己，逐渐潜入人潮中随波逐流。越来越少的力气去喧闹，无厘头的感伤慢慢消失。越来越冷淡，温水自饮无绪阔享。越来越想做一个聆听者，去歌颂他人的悲欢离合。越来越强壮，力量不屑于展露。越来越熟悉的归家小路，成为异乡的熟客。

越来越，却始终如一的快乐。

走过这段路，才有资格去感慨，或者后悔。

我很好，这是前16年从没有体会过的意义所在。不带任何虚假，成长的真我拒绝循规蹈矩。

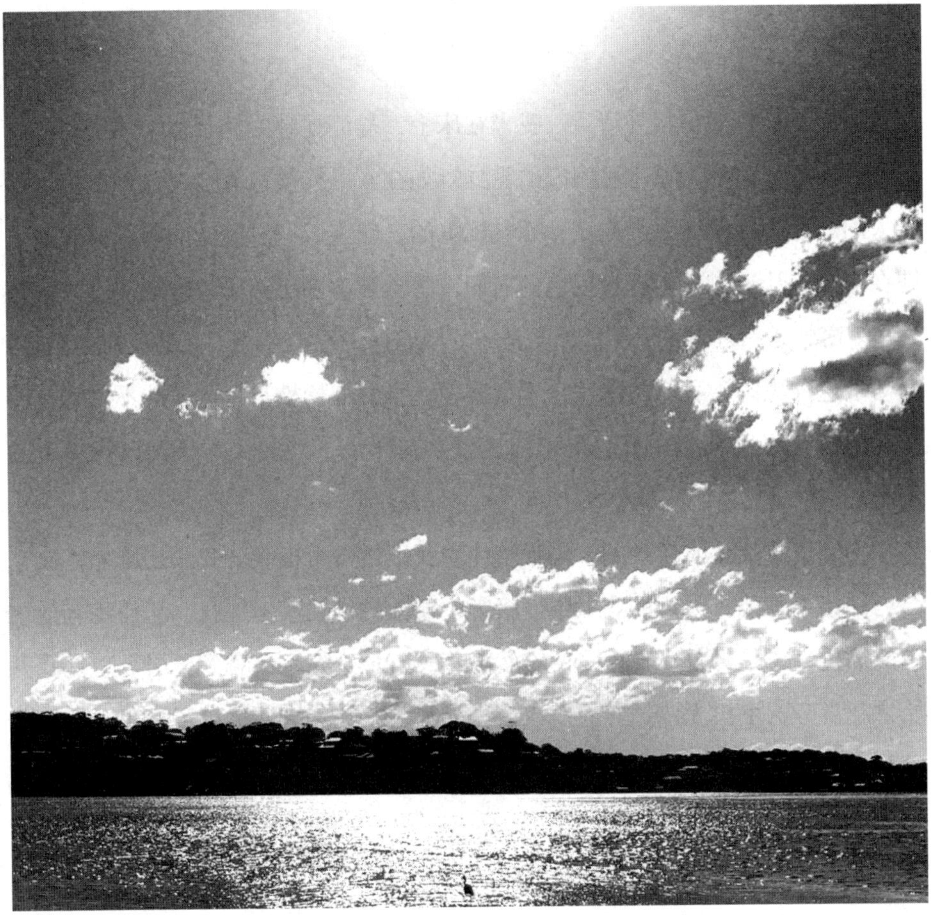

深夜感悟

凌晨的夜色似乎格外清秀。我坐在床上，静静地感受淌着忧伤的夜色。

忽而望向窗外，城市里闪闪的霓虹灯如往常一样被世人挂在夜幕上，依偎着太阳的月亮还没散发出光亮；死气沉沉的，叫人心寒。薄薄的雾不成规地平铺在窗上，让透过窗子观看夜色的人们，感觉被一层层神秘的纱笼罩着，好不真实。窗外是一片灯火升平，里面是一片黑暗——没有生息、充满哀伤的黑暗。面对着这片黑暗，我就仿佛置身于牢笼中，身上的桎梏重得让人喘不过气。四肢无力，什么都不想做，只是迫切地想躺在床上，让几块木板支撑我灵魂的重量。

不知道从什么时候开始，失眠陪伴着我度过每个夜晚。我躺在床上，放空自己。接下来陷入无言的静默中。暗影中孤独的枷锁禁锢住我，起初我有抵抗它的欲望，可是日复一日，我便安然静着，心想这好不无聊到生厌。于是我开始拿起身旁的手机无语把弄着。或许过了很久，我竟有些倦怠了。双手便枕着脑袋，点击播放器播放一首纯音乐《夜的钢琴曲五》。也不知何时，浅浅入眠了。

凌晨三点半，被一阵水流声吵醒。

故事情节与日本大家川端康成所著的《花未眠》相似，只不过他看到的是海棠花未眠，我看到的是水流未眠。

《夜的钢琴曲》还在播放着，悠扬的琴声却与这水流声毫无冲突。我仔细听着，再仔细一些，我听到了：这会儿一个高昂的激起，那边的水流声便轰轰隆隆；这会儿一个清澈的小憩，那边的水流声便滴滴答答。你便再听，那琴声每一个细微的变调，都引得那水流一阵绵长的反应。呵！这真是好不生趣！琴声与水声的相互配合，可以说是两物的默契、信任结合为一体。试想一下，之前毫无交集的两种事物，却能在某个时间里震动发出相同的赫兹，吸引对方的轨迹却毫不冲突，仿佛它们就是天生的一对。

水流声仍然是绵延不绝的，我闻着这声就让我想存着那源，于是我便找到了那源——一口大鱼缸。我起身走到了大鱼缸前，可面前是一片乌黑。天是阴黑的，灯也被吓得关上了亮。于是我又踱回了床边，没有丝毫妄想去打破这约定好的黑暗。原因便是我忽而想到，大鱼缸里的鱼全都死去了。唯一陪着这大鱼缸的只有这水流声了。

空气是静的，静得发慌。我独独坐在大鱼缸前，心中已然一大打苦涩。我还记得几年前的这个位置，是一个小鱼缸。鱼缸很小，小到仅仅能装下四五条鱼。每天早起，第一件事便是帮鱼换水，然后投放饲料，看着那几只鱼儿饿虎似的抢夺着食物。从小我都想看看鱼是否真的会吐泡泡。所以每天睡前，第一件事便是看着鱼儿悠悠地摇着尾巴，来回吐动着鳃子。水面浮出几个泡泡。渐渐地，鱼儿们长大了，也换到了大缸子里。在大缸子里，它们似乎活得更快活了：给它们舒展的空间大了，生存的环境变好了。可出乎意料的是，仅仅几个月，鱼儿就不吐泡泡了。又过了几个星期，鱼儿就一条接着一条地死去了。最后一条鱼濒死的时候，我把它放到了一个小水缸里。我说，你能再吐一次泡泡吗？然而回应我的只有死亡的寂静。

思绪被窗外的一阵阵呜呜声拉回。是机器发出刺耳的声音，一声比一声刺耳。夜已深，建筑工人却还在操纵着机器，用一砖一瓦将高楼建起。起初那里是个小花园，里面什么花都有，用"花海"来形容它便是再好不过的了。老人们每天要去那花园里的长椅上坐着休息，好像不是为了休息，只是为了演习一个习以为常的习惯。几乎所有人都爱它，直到后来开发商也意识到这是块好地方，于是高楼大厦接踵而至，曾经属于一部分人的那美好的天地永远地消失了，取而代之的是一片死气沉沉的悲哀。

我逐步靠近窗前，接而抹掉一把雾。留下刚刚适合眼睛的大小，然后贴着那片清晰的玻璃，眺望着远方。我看到家楼底的路灯下闪着一只猫。整体看起来是美的，并且美中还带着些优雅。深夜还在街上游荡，如此美丽的它怎么会没有主人呢？

我看到马路的灯光暗暗沉沉，偶尔被车子不经意的一打闪光灯照亮了。车子来来往往，在夜的黑下更显得劳累。

我又仿佛看到远处灯红酒绿的地方，尽管是深夜，门口的车子却依然多。不少衣着靓丽的人从外面走进去、从里面走出来。少男少女们夜夜笙歌起舞。他们挥洒着手中那一把把钞票和内心灵魂的孤寂，还在失去后惘然不自知。

钢琴曲突然止住了，手机已经没电了。我突然累了，靠在窗边，与这个世界道了声晚安，沉沉地睡了。

梦里我被一阵流水声惊醒了。

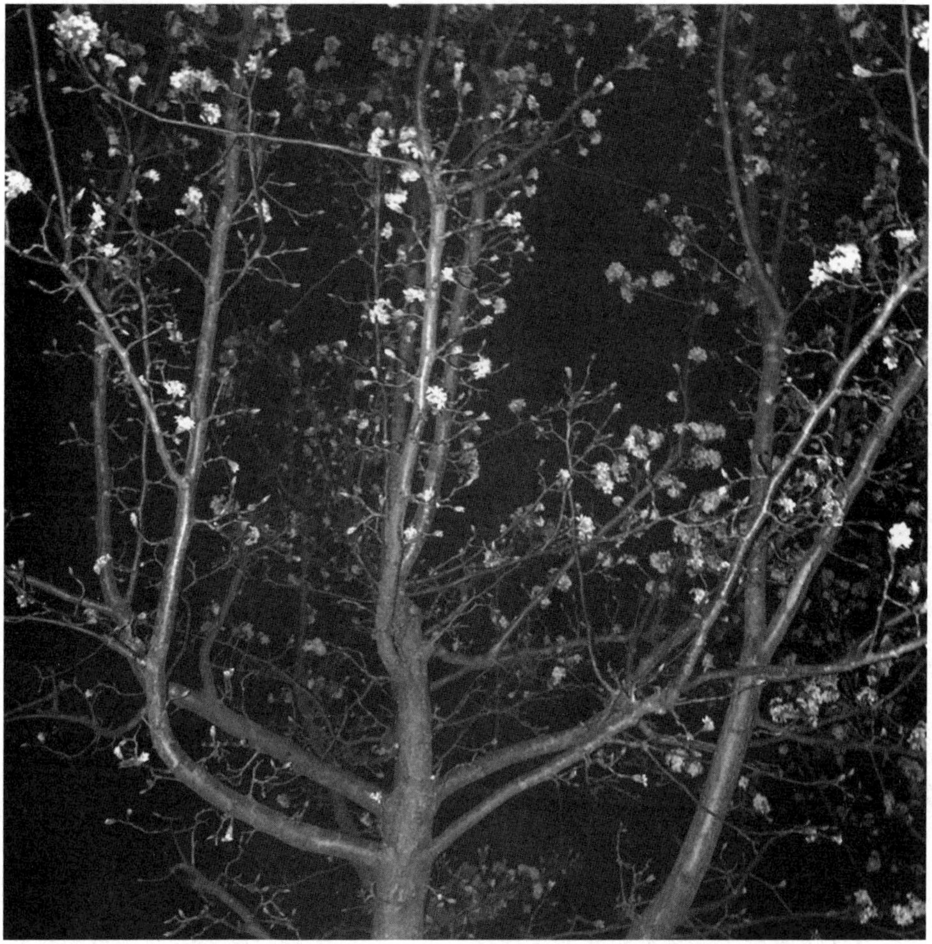

学习杂谈

月底了，随着放假的步伐越走越近，距离考试剩余的天数也一点点变少了。

今天放学又是相似的剧情。

"Helen 去图书馆啊，泡两小时再回家。"

"好咧好咧，走吧，咱们先去买杯奶茶再去图书馆泡几小时……"

不知何时，生活的轨道又回到了从前。

从前也是那样，上完学也要接着学。稍有不同的是，从前课后学习的地方是学校，如今学习的地方是图书馆。

还有心态早已不同了。

从前上晚修的时候，我瞪大了眼睛望着前方，有时耷着脑袋盯着天花板，就那么呆呆地看着、看着，眼前只是一片模糊。如今倒好，刚进图书馆找着座位，我就迫不及待地翻开书包拿出电脑，认真地做起了网上作业。两小时后，收拾电脑回家。

说来可笑，人到底真的会变吗？

其实还是因为环境变了。我多幸运，能在最好的年岁选择学习的目的和方式。我学，便是为了实现将来的大志向，而学，也不该只用那死板的循规蹈矩，像是被谁逼着，那感觉可是真不好受。

学，并不是只为了应对那次考试，学，是将书本上死的东西装进自己活的躯体里。

而知识的投掷，也有大讲究。如果一味地将自己的心海封顶结冰，无论如何投掷知识，它还是在那冰面上转着圈跳着舞，也许装饰了冰层，却永远进不去心海。如果愿意将封冻的冰层解冻，那知识便能轻易被投进心海。那知识在往海的最深处下沉，沉得很深、很深。

碎碎念

其实每天晚上我都会挺"丧"的。"丧"的原因千千万万，最主要的就是"乱想"。

因为拥有的梦想很大，自己又不是那么努力……所以可想而知，实现梦想的概率小而又小。于是就一次次降低梦想，降低到一定程度它就不是梦想了，成为一种现实。接着突然又提高，提高着提高着就成了奢望。奢望之所以被称为"奢望"，正是因为那是人们奢而求之、望而不得的。

在澳洲的每天呢，就是早晨起床撸撸猫，然后上学放学回家写作业睡觉。用现在潮流的话来说，我活成了"佛系新青年"。虽然活出佛系新境界，可有时未免也会到凡间尘俗走一遭，去羡慕一些人的生活。若给自己一个机会，自己却又不想成为那样的人；嘴上说着感同身受，心里却从来不明白感同身受的含义；螺旋形的生活周而复始，百无聊赖。

其实也蛮好的，人生的真谛，就是要平平淡淡。

等以后经历大风大浪后，才能感叹平淡的美……现在的静如止水，就是为了以后的磅礴起势做铺垫吧。

所以碎碎念过后，明天还会早起，早餐还是要吃三明治，但里面要多夹一个蛋。

从没有见过黑暗的人们，总是渴望体验死亡的刺激感。走在光里的人们眼中不只有光，但身处黑暗中的人们眼里绝对没有光。

089

"病人"

"你瞧，我有病，你有病，我们同病相怜，谁都是病人。"

"你瞧，有些人现在意识不到自己有病，未来意识到病症存在后的痛哭流涕和我们没什么不同。"

"你瞧，有病的人被称为是'病人'，没病的人患上了叫作'没病'的病。"

理智的唯物主义被称为"冷血"的病人，陷入了"钻牛角尖"的病中间接患上了"批判"的病。

浪漫的唯心主义是"幼稚"的病人，对思绪与灵感力的追求过于"病态"，有时体内"神秘主义"甚至"恐怖主义"会发生癌变。

精英般知识分子那名叫"清高"的病，受世人嘲讽。

平凡人那名叫"平庸"的病，受知识分子嘲讽。

爱说的、写的、吟诗作对的人患上了"妄想症"。

爱做的、麻木的、实干家被称为"AI"，患有"没有想象力"的病。

有批判精神的人本身就有病，毕竟谁闲得没事做朝着别人嚷嚷？

随波逐流的人是文人手下的"病客"。

善良是病、邪恶是病、努力是病、不努力是病，因为它们都侧面印证了个人的平凡，因为人们总想借由"改变世界"的梦想去"同化"身边人。

美丑胖瘦都是病，如果这破坏了他人的美梦。

冷静的陈述句是病、骄傲的问句是压垮病人心理的最后一根稻草。

认为自己独特的人有"自视甚高"的病，认为自己平庸的人——没人在心里承认自己的平庸。

听不进别人话的人有病，太执着于闻道的人容易生病。

…………

才能兼备的圣贤，是"以利他主义实现利己主义"的骗子，被众人指责是"高级的头脑发昏"这类精神病的代言人。

有才无德的小人，"功利主义"本身就是一种不需要被批判的、带有悲观色彩的病。

有德无才的君子，"德不配位"的病更加消磨人的自尊心。

只有无德无才的人，意识不到自己生了病。

想，是病。

不想，是病。

做是病，不做也是病。

啥都是病，你我他她都有病。

最可怜的，只是不承认或者没发现自己有病的人。

于大多数人而言，没有谁能带走爱，就像没有谁能带走恨一样。

有的自始至终只是一句"那就试着去原谅吧"。

是啊，只能费尽心力去说服自己"看看前方的太阳吧，其实一切噩梦也没什么大不了的嘛"。

所谓爱之深恨之切，或许在另一方面也体现了我们曾经决定去爱、去相信的决心吗？

真为这种决心感到不值。

第三篇
春日微风

以温柔、谦卑、成熟的心,去体验、诠释、给予爱,去享受每一次发生。

我的奶奶

2017年9月23日,我将以十五岁青春期少女的身份前往澳洲悉尼留学。出国前夕,爸爸"勒令"我去奶奶家住几天,好好地陪陪奶奶。我答应了。其实我不想答应,但又想好歹是奶奶,有那么一层血缘关系,而且还有空闲时间,不如借着陪的幌子去打发一下时间。在我印象里,奶奶是一个没读过书,话痨,有着重男轻女的传统观念,却还算善良的农村老太太。我对她的情感,与大部分少年对"家族"和"国家"这两个概念的情感一样。我爱她,但是说不出爱她的原因。

2017年9月24日,前往奶奶家的路上,关于奶奶的回忆止不住地在我脑海中流淌。

1931年,奶奶出生在湖南的乡下。由于家里穷,兄弟姐妹多,她十五岁就被父母安排嫁给了爷爷,用爷爷的内人身份换取一隅中的庇护。而我呢?我在十五岁,追求"自由"的概念,用出国留学换取逃离家乡角落、追求自由的机会。

1948年,奶奶十七岁,她怀孕了。当时正值国共内战时期,为了躲避战乱,奶奶、爷爷还有一些家人逃到了湖南境内的四明山上。在四明山上度过了以年为单位的时光。

奶奶吃草根、干粮,以露为饮。偶尔采采洞外的野果、野菜,甚至山溪中的小鱼,也是奶奶的"猎物"。奶奶大部分时间都在等着孩子的到来,等着真正和平年代的到来。"日子难过得很",奶奶在回忆那段日子时经常说到。

奶奶就这么等,等待时光浅浅流过指缝,等待手指上的茧越来越厚。

1949年10月1日,奶奶等到了她所期盼的和平年代,新中国成立了。奶奶在她十八岁的年纪,带着第一个孩子,下山了。

又过了一段时间,我大伯的弟弟、妹妹出生了。中途也夭折过几个兄弟姐妹,都因为1961年的那一场大饥荒。而1961年的疼痛,反而成了奶奶生存的意义。"至少提醒着我,我得活下去,得让孩子吃饱,让他们活下去。"奶奶在回忆时是这么说的。

"当时我们煮米汤,说是米汤,也就是淘米水里放几粒米。然后小孩们抢着喝米汤,你大伯一口气能喝三碗。"奶奶回忆说。

"我们扒树叶吃,树皮嚼不动……当时还有一种土,叫观音土,吃了饱腹。吃了撑撑的,村里大家都在吃。"

寥寥几笔便可述说,奶奶的疼痛与喜悦,奶奶经历过的和平岁月,和和平过后的短暂疼痛。

奶奶总是习惯性地不去想,或者说她从来没想过:什么是自由,什么是活着的意义。她只是用寥寥几句话述说艰难的岁月,连菜渣都吃不起的艰难岁月,忘却姓名只为老曾家奉献的艰难岁月,去赋予自己活着的意义。

然而,意义总有一天会被现实的骨感终结。1972年,我的爸爸出生了,本就不富裕的家庭负担更大了。日子虽苦,但我的奶奶从不叫穷叫苦。她说"越喊越穷,风水运气会被喊没的"。她内心坚信日子一定会好起来,就这样和爷爷扛起了这个家。

1988年,爷爷因病走了,我猜测,那时的奶奶感觉自己的生命失去了意义。只是她不会告诉别人"我的人生没意义了",她会哭、会心疼、会迷茫,但大部分时间只会用来为下一顿饭菜忙碌。

而后的而后,奶奶一直未再嫁人,直到2020年。她用六十年去习惯爷爷的突然离去,来缅怀她人生的第一个男人,也是最后一个男人。或许,用余生怀念爷爷,是支撑奶奶养家和活着的意义。

2002年3月23日,我出生了。从此,奶奶的生命中,被嵌入了我——她的孙女。

六岁之前，我和奶奶一直住在一起。爸爸在我一岁半时去北京考博士，家里的顶梁柱只有妈妈。她既要供我读书，为家里开销负责，又要给爸爸寄钱。依稀还记得一次月底结余钱的时候，妈妈俯在床边的小桌上，拿着一支笔在一个泛黄的记账本上不停摩擦。白色台灯照着她，照得她脸色苍白。我看了很久很久，妈妈的眉头皱了很久很久。突然她就停止了手上的动作，茫然望着前方。第二天早晨，她叫我起床，脸上依然带着甜美温柔的笑容。当时流行一种叫"QQ糖"的东西，见到QQ糖我像见了神仙似的，眼中闪着光。掉到地上被踩过的QQ糖也被我抢着吃，嚼着那弹性的甜玩意儿，心里止不住喜悦。嚼到不剩一丝余味。我猜，这只是出自珍惜，难以获得的珍惜。而奶奶也觉得这QQ糖该被珍惜，于是允许我随意捡掉在家里地上的QQ糖吃。可妈妈总是在第一时间看到我捡QQ糖吃的时候严厉唠叨我。

我四岁半时爸爸回来了，再后来因我上小学就搬家了。搬进了大点的房子，开起了小贵的车子。而奶奶不愿意搬家。

日子过得也算不错，只是偶尔少了些奶奶的唠叨。

又过了些年，大家都步上了生活的正轨。每逢过节，全家人就会聚在一起。有次过年，我的堂哥也来了。饭桌上，所有人的目光都被他吸引了。每个人都面带微笑嘘寒问暖。奶奶也是如此，只不过更加深，不仅笑嘻嘻，还会时不时夹一筷子肉给他。当时我在饭桌一角上默默扒饭，用筷子摆弄着碗里的米粒，低着头也不知在想什么。那大概是第一次，我懂得了何为重男轻女的感觉。

一番回忆后，终于还是到了奶奶家。

我刚踏进奶奶家门，就被奶奶那一双炽热的眼睛盯着，那眼神包围着我，让我有些不知所措。她立刻走到我面前，看着我一直笑。那笑容真憨，看得我也有些想笑。她还是操着湖南口音，拉着我的手坐上了沙发。然后端上了一盆盆水果，使劲地问我的现状："仔啊，你这几天过得好嘛，我听说你要减肥都不怎么爱吃饭，你不算肥要吃饭啊，你看楼底那女孩儿，肥落落的（很肥很大条）仔啊，你要出去了，一个人怎么吃得开啊（过得好）……"

问题多且不在一个调上，我有些答不过来，便也只能勉强回答着。只是她总爱重复问我问题，起初我还能耐心回答，后来我暴脾气发作了就不回答了，找借口去找我外甥玩了。回奶奶家的时候已经是傍晚了，我突然想起要去上健身课，便和奶奶说别煮我的饭了，我要上课到八点半才回来。奶奶听得有些模糊，于是我又重复了一遍。她笑着说不打紧，让我好好学习。我带上门的时候听到她说："八点半回来，那我八点煮饭就好了……"我以为这是糊涂话，没多久她就会忘的，所以当时便没出一语。

上完课了，老师特别叮嘱我让我别吃晚餐，我连连点头答应。这时我打电话给母亲让她来接我，她说要晚点。于是我从八点半一直等到了九点。母亲总算来了，回去的路上，母亲告诉我奶奶一直在等我吃饭。听到这个消息时我有些吃惊，却又不知道如何回应。等到奶奶家的时候，才发现有满桌子的饭菜：我喜欢吃的牛肉切成片摆了整整一大盘，还有炒丝瓜、一盆紫菜蛋花汤……奶奶见我回来了，赶着帮我盛饭，盛了一大碗。看着碗里满满的白，将要脱口而出的话语也被我硬生生挤回肚子里。心中有些不高兴，便想着只吃一点。

结果我硬是吃了两碗饭。若不是因为饭里发现了一根泛白的头发我还能吃第三碗。牛肉被我吃光了，一点肉渣都不剩。这时我注意到一旁的奶奶。奶奶的饭似乎有些发黄，大概是不新鲜的原因。而她筷子所指的那一个菜——黑乎乎的，应该是烤焦了，椭圆样子的，却是一半一半的。我夹了一块放进嘴里，满嘴的焦味，还有些许咸。但我却吃出来了，这是蛋，被切成一块块的蛋。我说，"奶奶你就吃这个？"奶奶说是。

这时我突然记起，奶奶从来不吃牛肉。

自从搬家后，便很少与奶奶接触。还因为课业的关系，都是很久才来看奶奶一次。每次奶奶都会做上满满一大盘牛肉，拌着辣椒和蒜。记忆中奶奶炒的牛肉越来越咸，牛肉片也越来越厚，也不知道为什么。

吃完饭我去洗澡，洗浴间很小，却很干净。毕竟奶奶也是爱干净的人，我便没多想。

然后，开水，调温度，动作一气呵成。我琢磨着应该抹沐浴露了，便伸手向一旁的沐浴露瓶头按去。

"怎么回事，挤不出来？"

我在心底暗暗骂了一声。便低身下去检查那瓶沐浴露，发现它从未被打开过。按动的头被紧紧嵌在瓶子里，那一刻我心底突然升起了一种异样的感觉，仿佛是一块石头落了地，开出了花。

我打开了沐浴露，然后关上洒水喷头，等抹均匀后才打开它。洗完澡我将自己的衣服搓洗干净，然后放在挂钩上。

我和奶奶说，我把自己的衣服洗了，问她哪里可以挂。

她回答："仔唉，衣服我帮你洗哟，你等着我帮你搓。"

我说："奶奶，我已经把衣服洗了，现在要晒，哪里可以晒？"

她回答："仔，我明天早上帮你洗，你先睡，早点睡啊。"

我说："奶奶，我刚刚把衣服都洗干净了，现在衣服没有干，我要把它晒干，哪里可以挂衣服呀？"

这回奶奶似懂非懂，她说："哎呀呀，你干吗哟，我帮你洗衣服啊，你一天那么累，你怎么自己洗了哟。把衣服给我，我去帮你晒。"我将衣服递给了奶奶。

洗浴台上，之前用的牙刷杯子整整齐齐地陈列在一起。之前用过的毛巾还被挂在钩子上，我伸手去拿，有些湿。这时候奶奶说："仔唉，放心用，我帮你搓干净的了，我隔几天就把你这帕子搓一下，这很干净的。"我用那帕子蘸了些水，轻覆在脸上，还有些清香。这时我听到在挂衣服的奶奶自言自语——"我的贝贝长大了，会照顾自己了，安心了。"

眼睛突然就有些酸涩了。

晚上要睡觉了。奶奶家老房子没有空调，而我又怕热。于是奶奶把仅有的一台风扇留给了我。她怕有蚊子，还帮我点了蚊香。一切做好后，她转身离去。这时她又重复问了很多遍："贝贝（我的小名），你要我陪吗？你怕黑……"我也仔仔细细地回答了很多遍，这时她才放心离去。走的时候她帮我关了灯，关灯前笑了一下，那笑容真憨，看得我想流泪。

2017年9月26日，我拖着几个大大的行囊，离开了故土，离开了故土上的奶奶。2017年10月4日，奶奶第一次给我打了国际长途电话。2018年3月23日，奶奶第一次用微信给我打电话，祝我十六岁生日快乐。2019年3月23日，奶奶给我打电话，祝我十七岁生日快乐。2020年1月18日，奶奶第一次学会用微信的视频聊天，我们开了视频，看到了彼此的脸。2020年3月23日，奶奶用微信视频和我聊天，祝我十八岁生日快乐。2020年11月19日，因疫情我高考完放假了却没法回到故土，没法回到奶奶身边。

十五到十八岁，三年的情感积淀让我突然间意识到了些什么。我与奶奶，总是在相同的年龄经历着不同的事：我将青春奉献给关于"自由"的梦想，用科学去否认一切传统的封建底蕴；奶奶将一生奉献给整个老曾家，舍弃自己的姓名，为她的儿孙创造读书、出国留学、追求那名为"自由"的梦想的机会。

2020年11月20日，我一直在想奶奶的真名。想着想着便睡着了。入睡，我做了一个梦。梦中回到了过去，五岁的我依偎在奶奶身边。奶奶和我说凤凰古城太阳姑娘的故事。然后突然和我说她老了，不中用了，想爷爷了。于是我便哭了，哭得稀里哗啦，哭得彻彻底底。我说："奶奶，我不要你走，你要陪我一辈子。"然后奶奶笑着说："哎哟，不行啊。"

我的心很大。在漫长的人生中，大到每分每秒都在遗忘。我浪费了十四年，去遗忘我对奶奶的爱。去遗忘她平凡且苦涩的芳华。以21世纪的"自由"与"个性"去度量她爱的分量，而遗忘了那份只属于她的，在那个特殊的时代背景下的，对家族的爱与付出。

而奶奶呢，她的心很小，小到遗忘了自己的姓氏，心中只有老曾家的分量。小到只记得对后辈的爱，将所有亲情深深珍藏，没日没夜地拿出来反复擦亮。

尽管我不知道奶奶的姓名，但她的面容，灵魂中的纯粹、坚韧、傲与义，早已刻入我的心中了。

"奶奶"这一称号，也代表着那特殊年代的一部分女性群体，尽管她们被剥夺了姓名与自由；但却用自己的微光点亮了后人生存的希望。她们值得被尊重、被热爱，值得在我们的心中，留下属于她们的印记。

我的妈妈

二十二年前，我的妈妈曾是那种循规蹈矩的女孩。

会在春天的时候闻闻脚边的花香，被风吹翘的睫毛时不时朝远处放光。相信叶芝写的那首诗《当你老了》，会在路口的转角处引吭高歌"多少人曾爱你青春欢畅的时辰"。会期盼潮起永不落，会害怕人潮涌动。会彷徨、会沮丧、会无措。会遇到一个人，会得到爱、体会爱，或许还会用一辈子去学如何给予"爱"。

直到那天遇到了他。"或许"变成了"肯定"。

少女确信，心中某处莫名的悸动牵扯着心脏最敏感的部位，顺着血液流过全身每一处细胞。这是一种发自内心的狂喜，一种"不到长城非好汉"的热情。

但喜欢不仅仅是惊鸿一瞥，其中还夹杂着各种不确定的刻骨铭心。

幸运的是，她的喜欢没有白费。再后来，喜欢演变成了爱。

爱像一块磨刀石，心上人像手指上被磨出的血泡。她也曾是一把人人爱慕渴极的好刀，直到某天被藏到了生活的鞘中。从此以后，只能在漆黑一片的梦里，闭上眼，喊出几滴潮湿的疼。

你问她后悔吗，她眨了眨眼睛："天上永恒的星，从不倦怠地释放它的光。那它后悔吗？"

如果说开始务必带着结束的疼痛，那谁又真的渴望无疾而终的美好？

这让我想起那些被遗忘的歌星。许多年前，在故事野蛮生长的年代……

邓丽君，你好，还笑得甜蜜蜜吗？

莫文蔚，你好，还觉得他不爱你吗？

……

《当你老了》也成了一首好歌，伴着少女走过一个又一个春夏秋冬。

"多少人曾爱你青春欢畅的时辰，爱慕你的美丽假意或真心。

只有一个人还爱你虔诚的灵魂，爱你苍老的脸上的皱纹。"

尽管童话故事的结局无论如何也会变成骨感的现实。有时候也会吵闹、埋怨、无理取闹、无奈……凡此种种使曾经的少女变成了现在的妇女。

但，她还是会在每个凌晨的深夜，嘱咐睡不着的星星，吻吻他的眼睛。

她可曾后悔？

回应我的是这样一段话：

"我们总是忙着抱怨，回忆一些尖酸刻薄的段落。

可那天傍晚最美好的日落，夜晚星空的闪烁，被谁遗忘了呢。"

对啊。为了一场雨，她等了他二十二年。所以，只要一个微雨天，云很淡，与炽热的氤氲交织。如果家中阳台的茉莉花还在盛放，她可以马上闻到自己喜欢的清香。如果他恰好在她身旁，肩并肩的温暖该如何被清除殆尽？食指的戒指还印着爱的痕迹，很久没有出现的甜言蜜语突然从他嘴里蹦出。

不长，三个字——我爱你。

如此，足够她爱这个破碎泥泞的人间。

我的爸爸

我用十八年的时间才参透"父亲"这个词的含义。过往的十七年，我用郁郁葱葱的年华，将所谓的"如山父爱"虚化成一颗颗渺小的石粒；然后在清晨，抑或是深夜，将自己沉重的灵魂堆积至脚掌上，毫无保留地碾过那一颗颗细碎的石粒，不带任何喘息。

在我小时候，我就不太清楚，拥有父亲是什么感觉。或许是父爱的得到过于理所当然，又或是这种爱润物细无声，我没法以童稚的眼光，去度量父爱真正的分量。我只知道，在每个父亲未归的深夜，我躺在床上听母亲聊着她与父亲的爱情故事，一声不发、昏昏欲睡；我有时会幻想远在北京读博士的父亲会忽然从北京回家，但却在幻想过后立即坠入梦乡，然后在第二天早上，将昨晚的幻想遗忘至脑后，再也没有提起。我经常性地打破母亲对父亲的神化，并且乐在其中。然而却在某个时刻，在与校园朋友谈论起关于"爸爸"的话题时，刻意地神化我所不了解的父亲。

可以说，"父亲"这个词埋藏于我的血脉中，是我血液的一部分，是幻化了我整个虚无人生的潘多拉之盒，是构成我青春堡垒的主要基石……我可以向外人介绍"父亲"这个词于我而言的意义，然而我却难以体会"父亲"这个词的温度，它更像是一个符号，或者是某种特定俗称的称号，我知道的，每个人的人生总需要被几个传统的称号点缀。

尽管我知道，"父亲"这个称号将与我纠葛一生，但年少时的我有时候真的讨厌这个称号，尤其是在父亲将他骄傲的心化生成利剑，刺入我的心脏的某些时刻：父亲是个自尊心极强的人，擅长向任何人下达自己主观的命令，包括我；父亲是个结果论者，他忽视一切过程存在的意义，一向只要一个结果；父亲有时候喜欢喝酒，喝完酒后便不听人说话；父亲从来不会赞美我，从来不会给我一句真诚的鼓励；父亲还喜欢抽烟，烟的烟灰呛得人难受……

但不可否认的是，尽管我曾对"父亲"这个称号万般不喜，也割不断我与它之间相连的血脉，还有刻在命理之石上那无条件的信任与支持。

出国后的我，在某个夜深人静的夜晚，孤独与思乡病作祟的节日里，忽然窥见了我与"父亲"这个称号的紧密联系。那天晚上，爸爸忽然打电话给我，像是半醉半醒似的，一直呼唤我的名字。然后他说："宝贝，爸爸没能陪你长大，爸爸对不起你。"那天晚上，"爸爸对不起你"这六个字盘旋于我脑海中，在我的心脏与血管间狂跳，骤然间化成一股股刺鼻的气体，酸涩了我的眼睛。也在那天晚上，我重新开始思考我与父亲的关系，努力回忆我与他之前的故事：爸爸虽然离开家去北京读博士，但每次放假一定会回家，哪怕假期很短。爸爸从前晚上总要应酬吃饭，但在最近几年里，只要我回国，他都尽可能地选择在家吃饭。爸爸的微信号里带有我的名字，爸爸的车牌上写着"ZWX"（我名字的缩写），爸爸的邮箱里有我的生日日期，爸爸的手机壁纸是我的照片……太多了，在爸爸的世界里，一切关于"我"，关于他女儿的事情，仿佛都被存储到了风里。只要风存在，风动，他对我的爱就永远都不会消失，尽管那确实很隐蔽。

也就在那天后，仿佛是为了重新体验"父亲"这个称号的温度，我开始主动去找爸爸聊天了。刚开始，我与爸爸谈论的话题只关于"每天我在生活中遇到的难以解决的事情"，渐渐地，我们开始聊各自对世界的认识：马基雅维利主义与《君主论》、自由的定义、何为生存的意义……再后来，两个曾经热爱互相争执的灵魂，忽然间成了彼此的知己。隔着"父"与"女"的距离，两个灵魂中间的间隔被彼此思想的光亮填满。

两个灵魂，生于同一源的灵魂，就这么从原本"陌生的熟悉人"变成了"互相熟悉的人"。我与父亲，不仅仅是父女的关系，更是师生、好友、知己。

国外的高考与国内不同，不同的点在于国外高考持续一年。也就是说，一年里所有成绩都会被算进高考分里,所以每次考试都很重要。如若我分数考得很好,我会高兴;可如果考得不好,我便会难过,陷入自我否定中,对高考丧失信心。然而无论何时,我因为成绩开心或难过时,父亲总会用自己"骄傲"的言语使我清醒:考好了,证明你努力了,然而你不能骄傲,要继续努力保持好分数;考得不好,你只需要考虑如何在下一次考试中考好,不必沉溺于过去的失败中无法自拔,因为这恰好会让你经历未来的失败。

所以我与父亲的关系在这一年更进了一步。他成为我在某些时刻的动力给予者,以及帮我分担痛苦的挚友。

高考结束后,我第一时间便打电话给爸爸。爸爸没有与我多说什么,只是让我好好休息。

12月17日,在高考成绩公布的前一天,原以为不会紧张的我竟然一整天都惴惴不安。本来成绩不错的我,在那天,用无穷的想象力,幻想我考砸高考后的情景。那天,我给爸爸打了十六个电话,每当我点击"拨打"按键后,又立刻挂断。最终,在第十六次"拨打"按键亮起时,我没有挂断,爸爸熟悉的声音从屏幕的另一边传了过来。

"爸爸,万一我没有考好怎么办呢?"

"爸爸,我感觉我应该考得不错,但是我怕,我怕这只是我的错觉。"

"爸爸,如果我失败了,你会后悔送我出国读书吗?"

"爸爸,对不起,如果没考好,我会恨自己浪费了你们的钱。"

无数个消极的"如果",朝积极的爸爸袭去。爸爸却不发一语,放下了往日的骄傲,放下了往日独裁者的姿态,摒弃了命令的口吻,只对我说:

"宝贝,你这一年的成长爸爸都看得到,爸爸为你感到骄傲,这远比一次高考成绩重要得多。你一直都走在正道上,这比什么都重要,都令爸爸感到骄傲。"

12月18日,高考成绩发布的这一天,我顺利地接到了悉尼大学人文学院的电话。我考上了悉尼大学商业法与传媒双学位,为我的高中三年画上了完美的句号。

时至今日——2021年1月27日，我与爸爸的交谈还在继续。每一天，或者每隔一天，哪怕再忙，我们都会进行十几分钟至三十分钟的交谈。

我告诉爸爸，最近我的目标是熟读并理解《道德经》，保持情绪的平稳。爸爸告诉我，最近他开始戒酒了，至于烟，虽然不能一次性戒完，但他已经可以在上班的地方不抽烟了。

终于，在十八年后，我可以用全新的视角去看我过往十七年对"父亲"这个称谓的厌恶。

父亲对我下达的所谓强制性命令，包含了他对我最深层的爱。因为那些命令，来自他四十八年凝华提炼而成的人生精华，它们滋养了我青葱的年华，只一心渴望我永远走在光里，行走在正道上。父亲只在乎结果：也正是因为他只在乎我的高考"结果"是否能助我考上悉尼大学，这成为推动我考上悉尼大学的原动力——为了给予父亲一个结果，我忽略了高考困难与否的过程，心里留下的满是对结果的渴望。父亲喜欢喝酒，那是因为酒精才能暂时麻痹聪明人灵活的头脑，让他们处于身外身，暂时封存尘世的烦忧。而父亲在喝醉酒后的真情流露，那一声声"宝贝，我爱你""宝贝，爸爸对不起你"，那曾经被我忽视的，最宝贵的，属于"父亲"这个词的温度，在我十八岁那年，被我一一拾起。我重新感受到了专属于"父亲"这个称号的温度，在曾经忽视的细节里，找到了属于"父亲"真正的温暖。

灯

突然下雨了，猛得突兀。

万物都没有做好准备的心态，不知该以何等姿态迎接这盛大的狂喜。

一物除外。

是一盏路灯。

又或者说，是一盏老的路灯。

他挺直着刚劲的腰板，矗立在雨中发光发亮。一直，一直。任凭那澍雨混得再大，任凭那如钉般的雨滴激烈碰撞它。依旧是无声，无声地发亮。

雨还在下，越下越大。

越来越多的雨滴，钻心的疼痛布满路灯全身。

我想，你还该坚持吗？只为了那愚昧的可敬？

他没有回答我。

只是他的光亮越来越暗淡，似乎在下一秒就将陷入无止境的黑暗。

我喊，你不该坚持了，只为了神圣的死亡？

他没有回答我。

雨突然停了，留下层层薄纱笼罩着他。他忽闪忽闪着，最终又恢复了从前的光亮。

我叹，可怜的孤独。

舍弃着生命的光，牺牲至悬崖的暗。你默默忍受着疼痛，到最后享受这疼痛。其实只是想与疼痛做伴，妄想将孤独遗忘。

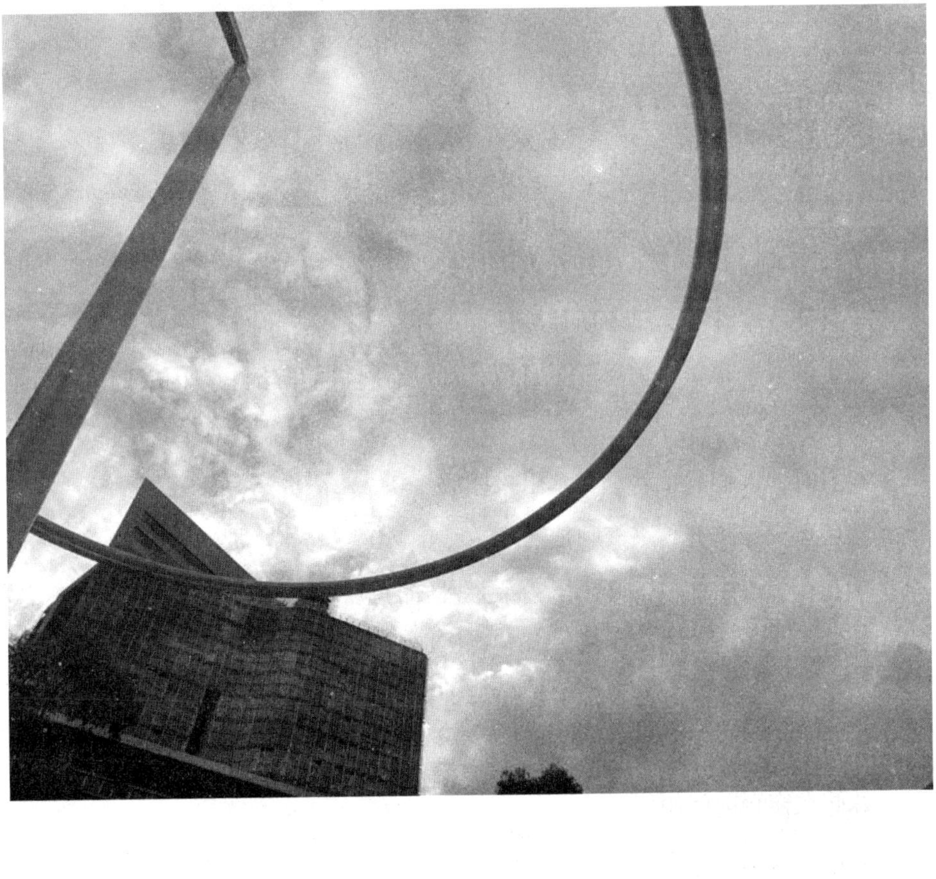

天

天气预报说今晚会下雨。

没有理由的悲伤蔓延开来。

哥哥安慰弟弟，姐姐安慰妹妹。

人群中有一句："不如现在就去放烟花？"

于是便手牵着手，脚不听使唤地四处蹦跳。

路上的景色很美，美得醉了月色，却没有将人们醉倒。只因人们追逐着前方的终处。

终点时，人们赶忙将烟花拿出来摆放。

然后点火，跑开，一气呵成。

烟花在黑夜中绽放，开出了一朵朵盛放的脸。

然后很久很久，黑夜中持续着五彩斑斓的笑声。

弟弟妹妹们眉眼逐渐伤涩了，便由哥哥姐姐们牵着回家。

黑暗中立马变得阒无一人。

妹妹在窗台前问姐姐：

为何今夜没有下雨。

姐姐答：

许是天气预报的错。

妹妹突然沉默。

然后对着天轻轻说：

我晓得的。你看到了我们欢心，所以就不忍让那雨来得那么快，不忍浇灭我们的欣喜。因为你很孤独，于是你望着别人乐，替你而快乐。

真是可笑的孤独。

天没有回答。

过了一会儿，雨倾盆而下。

外向为引，孤独患者没有药

"活像个孤独患者自我拉扯，外向的孤独患者需要认可。"

1

你有没有一瞬间与我一样，灵魂突然安静了。那是怎样一种奇怪的体会：世界仿若死寂一般了无声息，周围的繁华热情与自己再无瓜葛。我仍旧以笑面对生活，仍旧表现出汲汲营营的热情，只是内心突然安静下来了。我依旧在人群中活出鲜明的色彩，依旧喜欢生活中的草木枯荣。眼前的花草无喧嚣，水清山显赫，只是我突然对它们、对世界不感兴趣了。前一秒的欢呼雀跃为这一秒的平静冷淡做铺垫。就像火山与北极间无缝衔接随意切换。倦怠的瞬间，只想回家躺在床上不发一语然后沉沉睡去。

这不是病，这是外向孤独患者特有的瞬间。

2

我爱笑，常常放肆大声地笑，但在笑的某刻内心却平静淡然。逗我笑的小丑们总是环绕四周随意比画手臂，扭动轻盈或厚重的身躯卖力讨笑。我的自尊告诉我："作为卖笑者，你要笑，你快笑。不要白费乞儿的力气。"于是脑中神经牵动着嘴角弧度，向上或更向上。时常我又去扮演"讨笑者"，戴上小丑的面具，在某个不特殊的特定时刻。发掘出一点点无趣的笑料，便妄想将它放大成有趣的玩笑。于是提高嗓门、改变面部表情、台词本烂熟于心，像蓄力已久的烟花筒——等待烟火直冲上天的那刻震惊周围的世界。"bang！"倏然烟火飞上云霄，照亮了四边卖笑者的嘴脸。

快笑啊，为什么还不笑？是我的绽放不够绚烂吗？于是，熟练的技巧加上提醒的口吻呱呱坠地。这足以让卖笑者沉默一秒后放声大笑。"哈哈哈，好笑么？""真是好笑极了！"人们眼望彼此，像是欣赏各自快乐的神情，更像在博弈。去进行一场无意义的攀比，胜者有意炫耀。卖笑与讨笑，多虚伪，多悲伤。可谁也不想戳穿这个骗局，人们强强联手，缔造出一个个有趣的童话。

因为笑是神的恩赐，更是外向孤独患者特有的伪装。

3

卧房是我的灵魂安所。只有在那，我才能察觉到一丝安全与快乐。

我会把门锁好，趴在床上裹起被子。我习惯戴上耳机，大声放着我最喜欢的伤感歌曲。翻翻相册中曾经的照片，妄想以沉浸在悲伤的氛围中来感动自己。偶尔刷刷微博，读读伤感小句子与诗文，感受灵魂的升华与自以为的长大。我不喜欢朋友圈里乐观的鸡汤文，在我看来那是徒有其表的外强中干。我不喜欢拉开窗帘，那刺眼的阳光不够温暖我，反而会伤害我。每当有人敲门，我都会心惊胆战。手会不由自主地颤抖，停止正在做的所有事情。"是谁？进来。"我尽量控制语调发出正常的声音。可当门锁清脆的突兀声响起时，我内心距离爆发的临界点突然崩塌了。我会莫名其妙地愤怒，莫名其妙地大吼："出去。"然后猛地扣上门，用力再锁上。留下无辜者在门外不发一语。

"胆小鬼连幸福都会害怕，碰到棉花都会受伤。"我想这是太宰治专门用来形容我的。因为胆小是孤独患者特有的品质。

4

每到周末，朋友都会结群约我出去。或逛街，或吃饭……我无力拒绝，便"兴致盎然"地接受。外出前，我总要在家仔细打扮一番，以妆容粉饰自己，脸上一层厚厚的粉底是我的面具。

在街上走着，我承认我是害怕的。我会在意人们特殊的眼光，尤其对周围的声音敏感。不小心碰到一个人，会低着头一直道歉；遇到人们碰面而行，会主动先行绕开。

饭桌上，我小口吃着食物，不断声称自己饱得不行，其实肚子只被填满了三分之一。

去 KTV，在朋友催促下点了几首歌，趁她们不注意时悄悄删去。被朋友要求一定要唱，便开启"原声"按钮，将话筒放在离嘴边五厘米位置，假装入神使劲儿唱。

其实我很喜欢唱歌，只是享受单独一个人唱歌。

我并非放不开自己，只不过拘谨是外向孤独患者必有的礼仪。

5

我也很想恋爱。想在烈日的伞下舔着手里的草莓冰激凌，旁边有个男孩为我撑着伞。他或许不是那么帅、那么高，但足够温柔，对我足够好。

遇到一些男孩，他们有些喜欢我，有些被我喜欢。

那些喜欢我的男生，还没开始就被我否决了。

"他们怎么能喜欢我？为什么会喜欢我？我，我是那么奇怪的一个物种。"于是我拒绝被他们喜欢，无论他们对我多好，我都没有心动的意味。

那些被我喜欢的男生，还没开始就已经结束了。

"我那么平凡的人，该如何放肆去喜欢一个人？"于是我将小心思偷偷藏在作业本的后面，犯下一个个卑微的小错误。直到最后过错变成了错过。

我丧失了爱与被爱的能力，可我却没觉得灵魂有多空虚。有没有都是有必要的，我可以接受一切，也可以拒绝一切。习惯了孤独，便注定与孤独为伍。这是外向孤独患者特殊的生存方式。

6

外向孤独患者们适应着生活，藏在人群中。我们不会刻意躲闪，不会偷偷摸摸；遇到蓝天也会喜悦，收获幸福也会感恩。我们与正常人无异，只是在人前多了一点理性，少了一点感怀。我们是天生的倾听者，后天的歌颂者……孤独于我们而言不过了了，我们生于孤独，享受孤独。

哪怕我们都是被遗忘的角落，我们孤独却也快乐。

读《林清玄散文集》后有感于"禅"

说起林清玄，人们无一不想到的就是"禅"。生活之平淡中发生的禅、历练来临时发生的禅、收获硕果后发生的禅……所有的禅，联想到一起，便组成了《林清玄散文集》。

起初我对禅的理解无非于那万千河山中的小小沟壑，无奇，淡而悠闲。或许看起来确实小，其中却是有大智慧。但我不理解，也不想去了解。就像初读白居易的《花非花，雾非雾》时，我对它浅薄的分析：整整四句诗句："夜半来，天明去。来如春梦几时多？去似朝云无觅处。"一看便知它在描写失之泰然。多么显而易见的意思，禅意或许也如这诗般简单通透吧，那时我想。

当我读完《林清玄散文集》后我才开始思考，难道我所认为的一切就是"禅"的最终含义？

答案是"错"。不仅是错，而且是大错特错。

单单从《与太阳赛跑》，便可以汲取到禅意的深一层，更别说《浴着光辉的母亲》《蝴蝶的种子》了。

《与太阳赛跑》中有这么几句话："每天，都含着笑意，来与宇宙时空的无情、与岁月生命的多变，共同运转，那么在大化中，也会有江上明月，山间清风，岸边垂柳那样的美景，不断地映现。

我，宁与微笑的自己做拍档，不要与烦恼的自己同住。

我，要不断地与太阳赛跑！不断穿过泥泞的田路，看着远处的光明。"

这短短的几句话，便足以深深论述禅意——快乐是什么？快乐是每天带着笑容，心中充满感激。人们该如何存在？将美好的明天挂在心头，将努力的汗水浇灌在贫瘠的生命上，那么终有一天，生命开花，光明如期而至。

说完禅意，再说说林清玄先生的文字。

林清玄先生的文字静中有杂，温柔且强势。读他的文字时，仿佛置身于清净山谷中，身边一潺流泉清澈袭下土地，硬是要将那土地的肮脏都洗涤干净，变得一尘不染。忽而那流泉停止了，时间仿佛静止似的。一切的一切都停止了呼吸：山、水、草、花……又是忽而的一瞬，时间开始流动，所有的静止变成了缓慢——流泉也变成了滴泉，将自己分成一滴一滴，向地面冲去。

这感觉太奇妙了，像是坐过山车。上与下起伏，平静与刺激并存。又像在冬夜里品酽茶，寂静与孤独贯穿整个人生。

读完《林清玄散文集》，再去欣赏白居易写的《花非花，雾非雾》，其中的深层禅意便了然可见了：眼中的花，并真实存在的花；雾，也并非实实在在的雾。只是"本心"外放的花与雾的"幻化"而已。这些东西，"夜半来，天明去"，瞬间即逝，无影无踪。来的时候就像那"来如春梦几时多"，突如其来，令人难以察觉。去的时候，"去似朝云无觅处"，无迹可寻，不见踪影，全归于"空无"。花与雾本虚无，本心与幻想也虚无，其实人生本就是一场虚无的旅行。

"发生"的道理

前天爸爸去讲课，关于哲学。邀请了我而我没有去。今天爸爸特地花两小时和我讲"发生"的道理。受益颇深，感触良多。在这里就想分享一下。

其实发生的起点就是"动念"，无论是好的"念"还是坏的"念"，它都包括在发生里面。动念的基本含义就是"因缘"。而人需要意识和潜意识的重合才能得到因缘，所谓的因缘也是双刃剑，分有益与有害。那么如何去面对发生呢？起初人们会去抵抗它，也就是"不接受"。这是最低的一层，也是最普遍的现象。接着是"忍受"，将所有的事情憋在心里，默默不发一语。最后的结局无疑是心中忍受已久的那团气爆炸。这两种都是很愚蠢的，却也是人们经常拥有的。接下来高深一些的就是"接受"，当你去接受这个发生，那所有的难题或许会有新的解决方法。而接受最需要的是原谅。可是大家要明白，原谅只是人类主观对"放下"的认知，要点在于：我觉得他是错的，但我大人有大量，所以我原谅他。换个角度来说，这是毫无意义的。原谅不是真，只有当你用感恩的心去对待某件事情，用惭愧的姿态去接受这件事情，才能成为解决世间苦难的解药。最高的层次是享受，最需要的就是前面说到的惭愧与感谢。享受一切属于自己的成果，无论是苦或是甜，感谢它的发生，给自己带来的好处也许看不到，却也存在。这就是成长。题外也问了父亲一些问题，关于强者与弱者的"秀"，也得到了解答。强者不需要去刻意告诉别人，我有多厉害，我活得多美好。他就如同那座大山，本身的存在就是大重量，人无论怎么使劲地推，也推不动。正所谓"泰山崩于前而色不变"说的就是这类强者。而小东西，他本身的存在就是小的，不需要多用力去推，得到的反应会超乎你想象的大。

这是"制约"。因为它本身就轻如鸿毛,思源的匮乏使他本末倒置。

我最大的错误,就是去刻意告诉别人我做得多好,去分享自己的内涵给不相干的人,去体会虚拟人生的乐。去和一群志不同道不合的人,谈论人生的大道理。参与进虚伪的发生,却装作正义的一方,打着真实的旗号,做一个合群的渣滓。这分量微小得可怕,想去改变却很难。

大家有想过吗?人的特性、感情、思维、智慧……是由什么形成的,是天生骨子里就带着的吗?抑或是别人或者教科书告诉你的?是那独一无二的经历啊。所有冠以我们"人"这个称谓的因素,全部源于我们自己的生活经历。

首先,骨子里带着的东西,譬如血缘,在没有多年相处的经历后,也不能造就所谓的"亲情"。

我看过一条新闻:一对生而不养的父母,在抛弃了孩子的二十年后,上某卫视的节目去"寻找血亲"。最终找到了孩子,并要求她当众认亲……孩子不愿意,主持人突然开始谴责起她来:"你不去原谅你的亲生父母,你就永远不可能幸福!"

听到这句话我惊呆了。

我们内心所认定的"亲情",值得我们为之流泪甚至付出生命的爱,怎么能够廉价到不需要经历的支撑?生而不养,没有经历……这么平白空洞的"情",又怎么配得上"亲"这个字。

其实支撑我们做某件事的动力无非是脑中忽闪的关联片段,我们愿意爱亲人,首先一定是因为我们曾接受、感受过他们的爱。

其次,大众去定义一个东西,譬如"无私奉献是最深的爱",这是源自别人的经历。我们当然得按照自身的经历去调整看这个观点的角度。再譬如一个男人爱我爱到死,每天包我一日三餐房屋住宿,还拿着刀说要把心挖出来给我看,这够无私了吧?也够病态。这是爱吗?或者说,这是一种畸形的自我满足,为迎合自身口味所形成的给予的习惯。

以此为镜照我的观点看,真正最深的爱,其实仅仅是"不打扰"。因为我的特性、过往十几年经历过的事情告诉我,不打扰是最好的温柔。放开一双手,让他找到个人的灵魂自由，其实恰好体现了我的爱。当然你也可以否认我的观点，因为我们的个人经历不同，你独特的经历恰好能反射出最适合你的爱，对吧？

总之，我们都没有绝对的资格用自己的经历和评判标准对一个人，或者一件事进行严厉的说教。

生命的意

夜幕降临，死亡笼罩着浓重的雾气。燃烧的雏菊和恶臭血液的气味淹没了空气。

死神看见了一个黑暗的深渊——臭气来自那里。他跳下去，漫步在这个巨大的坑周围，纵容自己沉浸在耀眼的火焰，滚动的干枯的花瓣发出的噼啪声中；沉浸在恐惧暴发的气味中，为那些躺在他脚趾头旁拥有死一般的希望的死人们欢呼。

他可以看到灰烬在黑暗中飘浮着，抽尽它们在火光中的优势。从碰撞摩擦中产生的火焰只能被睡着的鼻子捕捉，似乎也在暗示着"愚蠢"的悲惨命运。

突然，一片干净的、没有烧焦的雏菊花瓣在死神眼前翩翩起舞，一个睡意蒙眬的姑娘跟在后面，淡红色的脸颊上带着一丝微笑，与她血肉模糊的身体形成了鲜明的对比。她突然以一种奇怪的站姿掉进了坑里。很长一段时间，她那双醉酒似的微张的眼睛都不敢闭上，似乎执着地在细读着什么空洞的东西。死神可以从她眼睛的缝隙中看出，一种熟悉的光线急切地要挣脱出来。

死神的思绪突然被那道光牵引住了，游离到另一个时间——属于那个女孩的时间。

当她 18 岁时，她选择沉思毫无意义的"生命的意义"。

她的生活经历是一个线性的过程，和其他日本女孩一样，包含着刻板的内容。她曾经是一个理想主义者，然后穿着传统的和服嫁给了一个普通的日本男人；迷失在战争的海洋中，渴望从中得到某种东西，却总是从恐惧之神那里得到回报。

总是有两个女孩在她的脑海里尖叫,那是老生常谈的"活着"和"不活着"的声音。

在她透明的 48 岁生日那天,正午的太阳就像微波炉的辐射。小雏菊仍在她的花园里扎根成长,似乎没有感受到太阳辐射带来的毁灭性的热量。

"喀啦",放在花园里的木屐感受到了女人双脚冰冷的重量。她像往常一样修剪雏菊,这次,手指突然被剪刀剪伤了。她抑制住了想吮吸伤口的冲动,开始盯着自己的手指看,突然就把它当成了一个陌生的物体:一根没有固定在她身上的手指。血是多么美丽的红宝石啊,它贴在皮肤上是多么温暖。令人惊讶的是,手被剪刀剪伤后,会变成它所属的人之外的东西,仅仅是一个珍贵的财产。她盯着手指看了很长时间,手指就不再是手指了,就像一个单词在重复发音时,在意识中就不能被认为是合法的一样。也许有一个独立的自我存在于物质合成体之外。

她放下剪子,开始布置雏菊,也惊叹于她的秘密发现。

突然一瞬间,一颗原子弹从天而降。

濒死体验让她再次审视自我,重新思考生命的意义。当她以一种无所畏惧的视角凝视着无意义的话题"生命的意义"时,她就拥有了以更不同的视角看世界的强大权力。

"为什么'生命的意义'总是给我谎言?"为什么它不断地说服我留在它里面,从而抛弃真正的个性,相信虚假就是真实?为什么它的工作方式是增加恐惧?在什么地方恐惧不再是毒药,而是更伟大的东西?"现在只是一眨眼的工夫。但是我的未来变成了现在,现在变成了过去。什么时候生活变成了一个圆圈,结束变成了开始?"

那些问题纠缠着死亡的到来,当她看到了黑暗中光明的到来,她就不再害怕了。

当太阳升起时,浓雾慢慢消散,她的灵魂出了壳。死神看见她那双雾蒙蒙的大眼睛正望着他,在黎明时用尽力量温柔地微笑。

"我只是带你去一个你可以休息的地方。"死神低声说。

"辛苦你了!"女孩微微牵动着嘴角。

3分钟后,死神填满了深坑。

30年后,地上只剩下雏菊的芳香。

（此文来源于一个梦境后的遐想。）

梦

做了一个梦，被吓醒了。

梦到我乘坐在一艘类似泰坦尼克号的船上，船很大，非常大，能坐这艘船的人非富即贵。我漫步在船舱里，观察不同座位上人们的动作。有浪漫的富太太一天无所事事，在自己的座位上和自己打牌；有一家三口坐在窗边的座位，笑着叫着很是欢乐；有白发苍苍的老人，仍然热血如少年般高谈阔论；当然也有相对暴躁的、暴力的年轻人，有意思的是这一类年轻人几乎都位于船的尾部，上述那类人的后面。

整个船被分为三个结构，分别对应了三个阶级，有钱人总是坐在船头，享受最优质的待遇。整个"头等舱"充满了未来感，科技的存在点缀了人们充足的物质，和有着"木头椅子"的船尾形成了强烈的对比。

你问我坐在哪？我忘记了，或许说我是以一个旁观者身份被代入的？但却真实地、有感官地，参与了接下来的事件，以至我被吓得从梦中惊醒。

船在海上航行着，不知道过了多少天，一对夫妻突然失踪了。船员们以及船舱的客人们都有些紧张，我是什么感觉，现在忘记了。我只记得，船长突然下令开始进行"人员填补"。怎么填补，它的机制是什么？我记得很模糊。写这篇文章的第 22 分钟，我基本只能记得大概的事件过程了，奇妙。

只记得每当有人"无缘无故"地失踪，另一批人就会被投入上船，乘客更新换代，但有趣的是，恰好是位于船舱"中部"的乘客一直在失踪，位置被替代。

某天我见证了罪恶，看到一个凶神恶煞的大汉将两个女人推下了大海——

接着下一幕突然转换到：他搂着自己的妻子坐在船的中后部吃着泡面。又过了一些天，我看到了沾血的斧头和小刀；新的一批乘客；我看到了手拉手跳海的情侣；我看到了之前那个自己和自己打牌的贵妇，座位被新的一个猥琐男人替代。

有一天我突然发现，船上的人越来越少了。哪怕前一秒有再多人失踪，后一秒人数还是不会回到原本那样，自动"补充乘客"的机制好像不起作用了。

时间周像右平移着，我意识到好像所有的一切都变得"不可逆"了。

诚然如平常犯罪电影的剧情一样——接下来的人们好像陷入了一种"莫名"的疯狂中：

每天都在进行疯狂的屠杀。自己是猎人，同类是猎物。

我很安全？我也不安全，这是写这篇文章的第 39 分钟，我已经忘记了梦里当时我的处境，只记得我的害怕，我的寒胆战栗、我的茫然无力。

从最开始的"无故失踪"到后来人们为了私情或者私欲，进行人为犯罪——手动控制乘客的失踪。

有趣的是，梦里的我完全没有见到"头等舱"人的身影，他们好像与这场灾难并不相关。不过，科技与木头间确实没什么关联。

但很快我这一 assumption 就被打破了。

头等舱突然有人大喊："救命啊，救命啊！"

我不知道发生了什么，也没有去看，我只是待在原地，看着周围的疯狂无动于衷。我遇到了一个小孩，他问我要不要跳船。

我说好，那我们能跳到哪儿去呢？

他诡异一笑，说让我等着看。

不知道过了多少天，船上的人数大幅度减少。等到船上只剩嗜血的杀人魔时，小孩突然拉着我的手走到船舱外，我看到了船的底部，比船矮 20 米的底部，有一艘海盗船。

大船上的人问我们要不要加入他们。

我和小孩从船上跳了下去（咋跳的我也不懂），毫发无损降落到了海盗船上。

海盗船船长是个人，长相忘记了。但小孩和他关系似乎很好，小孩对他说："我送你一艘大船，看，就是我们前面这艘。"

船长微笑着拒绝了，他说："我不要，我一直在等你，你安全了就好。我们赶快离开吧。"

我松了一口气，轻松的状态维持到看到大船的人从天而降，砍死了船长。

我吓得半死，不管三七二十一从海盗船上跳了下去。

有趣的是我跳进了一个透明气泡球里，就是一种不大的、被充了气的透明海洋球，人们能在里面翻滚。但我的气泡球正在急速漏气，我甚至能感受到球表面由硬变软的过程以及我整体向下沉的恐惧。我用尽最后一点力气戳破海洋球，我醒了。

2：06 我做这个梦被惊醒，3：00 这个梦仍旧在我脑海中挥之不去，但许多细节都被模糊化了。

不管你信不信，这个故事确实有 80% 由我刚刚梦的内容编织，辅以 20% 的创造性瞎编。

确实梦里的一些细节我记得不太清楚了。

而我所有的瞎编又可以说是来自我不同的意识层里，我不同的梦里对某事的思考。

所以梦的机制到底是什么呢？值得思考。

浅谈"大连理工大学研究生自杀"事件

对于已经把"自我淘汰"当作选择的人来说，我们所说的任何，带着脆弱的，或是乐观的，或是设身处地为他着想的话，都没了意义。

就是这么残忍，没人能改变一个人堕落的选择。

我们也不能说去尊重这种选择，毕竟这种选择失去了分寸感。

并且，知道自己可能会被淘汰，而努力地在不淘汰自己的路上奋斗着的人，从某些时刻来说反倒成了他人生长的痛苦所在。

我们还能做什么呢？我们充其量只能渡自己。在渡自己的途中，勉强拉上一些不想死的、在水里扑腾的、快要溺死的过路人。

然而我们也必须要对承受不了痛苦的人怀有同情和悲悯之心。因为你的坚强是由于与这些人相比较，所得出的结论。

因此充其量我们都很残忍。一个对生命怀有残忍之心，无情地杀死自己；一个借由别人的疼痛，借由评论别人的选择而残忍地治愈自己。

因此我们更要意识到，大家其实都一样。无论是已死解脱的，还是继续生活的……我们的本质都挺残忍的。所以我们不能站在制高点批判某个人的选择，只能用他人的选择来帮助自己，渡过人生的难关。

至少现在我在看到自杀的学生后，我想，我该好好活着；如果察觉到身边有这类的存在，我想尽我所能去"帮助"他，因为我们从本质上来说是一样的。

在拥有科学技术的前提下，为什么时空穿越不可行

1. 你还是你吗？
2. 你已经能够穿越时间了？

首先我们怎么定义"时空穿越"？

处于某个时间段的你想借助科技的力量回到或者去往某个时间段，并且我相信大部分人想进行时空穿越是因为他们想改变一些"发生"。

假设未来的你在科技发达的时代拥有一个机会回到过去，那一刻你对"时空穿越"的认知是：它具有可行性。正是因为这一种可行性激起了你的好奇心，人性如此。而好奇心的产生催化了你乘坐时空机器的行为使得你的固化思维变得"分散化"起来，比如你会去思考时空穿越的原理以及它的种种好处与危害，以及它的局限性……身体里 80% 的你会渴望这种不确定的刺激感，并且很大程度上减弱了你对"坏结局"的预判性。

因此未来的你变成了不纯粹的理想主义。

好，咱们接着来想：过去的你对"时空穿越"一无所知或者有过幻想，但是科技的局限性使得你没有动力去深入了解它，因此你已经定论：时空穿越不可行。

因此你锁住了想象力，你觉得在过去的时代里思考这个问题没有任何意义。你甚至觉得时空穿越是扯淡，不如多赚点钱实在。这时候的你是个实打实的"实干家"。

因此过去的你是不纯粹的现实主义。

不纯粹的理想主义 vs 现实主义

重点在于"不纯粹"上，尽管过去的你希望物质生活更好只想着一夜暴富，但人向往新事物的天性保留在你的基因里。而未来的你尽管已能接受理想化的新鲜事物，却仍保留着过去现实主义的一面：你的传统，或者骨子里"复古"的印记，在你成为炎黄子孙的那一刻便无法被抹去。（譬如，以保守的念想对待别人的发言，或封闭于自己的世界、自我陶醉。）

而在不同时间段的你的不纯粹性可以被相互抵消。因为所有的，由念想造成的不纯粹性，都能随着念的改变而被改变。（试想一下现在想吃火锅的你等会儿想不想吃汉堡，曾经对某件事盲目热爱的你是否会在经年之后对其充满厌恶？）因此，所谓的不纯粹性，只不过是某时你观点的涌动，与前一秒的你的思绪不符罢了，这很容易被改变，因为你生而"善变、多面且立体"。从古至今唯一不变的唯有"真理"（譬如火锅和汉堡的存在、某件事的运作机制）。而洞悉了"真理"的你、摒弃了"你的想法"的你，足够将身体内所谓的不纯粹剔除。

就像明白了"时空穿越可行"这一真理的你，曾经与现在对这六个字眼疯狂散发思绪的你；你的思绪，与明白"成立的真理"相比显得毫不重要。

因此"你"和"你"可以分别作为现实主义和理想主义。

你的性格也变得完全不同了。（成为现实主义是因为不明白"时空穿越的可行性"这个真理，成为理想主义是因为明白"时空穿越的可行性"这个真理。）

也就是说"过去的你"与"现在的你"处在两个时空中，外貌、家庭、性格全都相同，但却又不是同一个人了。试想一下：消极的你在面对困难时会不会比积极的你更沮丧呢？试想一下偏向发展物质生活的你是不是比喜欢空想的你拥有更多发生的机会呢（比如应酬、自我投资、营销……给你带来的诸多机会）？

过去的你无法拥有未来的经历，但未来的你拥有过去的经历。

经历塑造了一个人，因此在未来和过去中穿越的人已经不是他自己了。

同理，现在的你想穿越去未来，那未穿越的你身处的时代已经被定格住了。

所有一切在某个时间节点重新开始：当你刚穿越到未来的时候。哪怕你带着过去的记忆，所有的记忆不过是未来重新开始的附带品。

简单来说，穿越时空的你的时间已经被分裂了，如果你是一个物质，那么未穿越前和穿越后的你像同素异形体一样，性质都不同了。

所以这违背了最开始的目的。还记得怎么定义时空穿越的吗？你想改变发生，从而引起一系列的链式效应，但改变了发生的你已经不是你了，那一系列的效应也与你无关了。（譬如下围棋的手与败局胜局的关系，逆转局势只与黑白棋有关与手何干？）

换句话说，你已经成为另一个时空的你的生活的旁观者了。那你为何穿越呢？

其实还有一个办法：穿越时空但只做一个旁观者，或者穿越时空穿越到另一个人的身上体验他的一生。

那这和看书、看 5D 电影、VR 体验有什么区别？

而你每天都在穿越时空。

《我》

我做了 16 年的曾雯歆,从 17 岁开始,变成了 Helen 曾,开始挣扎着在生活中热切找寻真实感。

我,吃嘛嘛香,穿啥都行。钱是啥?有了总比没有好,但没有那么多,也行。

我,面对艺术和哲学,将两者的精华杂糅进生活的琐碎中,雅俗共赏。

我,有时觉得自己很独特,因为我觉得每个人都很独特,所以我觉得自己独特。

我,幻想跳脱某些圈子,也明白自身的局限性导致我永远跳不出这些圈子。曾经幻想改变世界,现在渴望清醒地活着。

我,天天在想:I am 6 years old, perhaps 60.

6 岁的曾雯歆,60 岁的 Helen 曾,好像和 18 岁的我共生于一体,脑中无数奇怪的思绪,其实有时候不隶属于我的本体。我只不过一次又一次,重复着,已有的概念、悖论,然后空谈、惊叹、流泪。

呻吟,咆哮,怒吼……无法平息的情感,全都源自过去的那个我,未来的我,情感的峰值,来源于无数个与我震动频率相匹配的那一刻——6 岁的曾雯歆、18 岁的 Helen 曾、60 岁的 Helen 曾灵魂共振了。

然后深知,只要被人声唤醒,我就会被淹死。

但若是迷失在自己为自己构建的梦里,这种不清醒的体验,反而能让我更清醒地看清自己。

永存的月亮

今天的晚风中有月亮的香味。

Helen 牵着自己的小狗走在通往家的石板路上。

浅浅的风吹过，吹起的头发染上了月亮的清香。

抬头望了望远处还未全然升起的月亮，Helen 想：它将自己的骨髓熬成了滋养夜空星辰的汤，而星星又因深感月亮的浪漫，而为人类投射出了另一个，只存在于星星心里的月亮。

于是才有了风里的月亮，才有了永远存在于 Helen 心中的月亮。

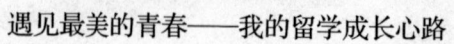

我热爱读书、热爱写作、热爱思考。

刚开始为了让自己变独特,从而抓住属于自己的自由。

现在我明白:

读书、写作、思考……这些都让我明白:

"每个人都是独特的。"

这更让我自由。

梦结束的日子

有一个梦。

破碎在太阳升起的清晨五点五十九分

多一秒都不行。

她侧卧在床边,手肘无力地耷拉在睫毛上。眼前的虚无不像是黑暗,或许这是她距离黑洞最近的一次。

然后吸气—呼气—深吸。

几秒窒息的濒死感,使她清醒。

"啊,又开始了。"

梦结束的日子。

一路到底的人生

今天早上我妈给我发短信：

"宝贝你该去找一个counselor规划一下未来的路了，一路到底，这样才不迷茫。"

从老妈从那里听到counselor这个词的时候，我讶异后立刻理解她希望我"一路到底"的决心。

不知道说什么，上课的路上我一直在想。

我的人生真的要按照"自我"规划一路到底吗？

我第一次因为有"路"迷茫了。

我不是一个循规蹈矩的女孩，没法在春天的时候闻闻路边的花香。我同时又深知自己的"路人丙"属性，从不觉得"女主角"与自己有关。就是这么一个矛盾的我，在这两年突然做出了许多"叛逆"的决定：

理科不好的我在高中选择了物理、化学，不巧的是成绩竟然还可以。

擅长的英语被我弃到脑后，突然就学起了日语。在"不算特别忙碌"的国外学习生活中，我每天竟还有时间去阅读写作。

别人问："你努力吗？"我说我不怎么努力，但成绩似乎还不错。其实这不算自负的谦虚，也是事实。在我看来，努力于我，是每天达到国内高中生的学习强度。

我每天都在学着"生活"。但压力居然也不小。我一直觉得这种"压力"是矫情的象征，你凭什么啊？你拥有了那么多，居然会有压力？我在克制。但许多不理解的声音……

我也迷茫啊。我一直在追赶一些人，但那些人我又说不出名字。我也在为高考努力，为所谓的梦想奋斗。

其实过去一年我做了很多事……曾经说的大话似乎都实现了。但我现在都不想说了。

以前总想着成名，好像要证明什么似的。从前是一位说着口号的行动派，相信自己永远是最耀眼的星。

不过一年，突然就沉稳了。

明年怎么样，很重要——加未知的希望（也有可能是绝望）。

我说明年最重要的时刻就只是高考吗？明年我还想去学法语呢，明年我还想去打工呢，明年我可不可能考上悉尼大学呢……未来——我不知道。

但我人生的终极目标就是嫁给一个优秀的他。然后在山顶建一栋房，每晚看星星。

也可能我渐渐融入了平淡的生活中，为打折的面包欣喜。

无数条路与我未来的人生相互纠缠，而我只能坚定地踏上一条路。

多有趣啊人生。

第四篇
秋日硕果

"我"终于回归了我

我是"我"的极限,也是我的一切观念的提示者。

因此,任何人只能被自己超越,只能通过反思从前来提醒与改变现在的自己;任何打着"为你好"这一名号的外力的附加,充其量只是他人为了彰显自己的荣光所采取的,名叫"为了利己的利他主义"的手段罢了。因此"我"所有的念,包括灵感力的向外迸发,充其量只是在渡"我"自己。而"ta"向"我"输送的念,其实只是一种满足自己的手段罢了,充其量只能渡"ta"。

所以,我希望,通过看到我的改变、我的自我批判、我在否定自己后对万物的新认知、我渡己的过程后,大家能够汲取养分,以己渡己。

因为任何被灌输的思想都是毫无意义的,思想本身不存在局限性,因此若是从广泛的思想中挑取构造最小的一部分,以此告诉人们何为真理,其存在与尼采所述的"新愈者"没什么不同。

为何有此发现呢?

因为我发现万物在已被规定的尺度下现存的矛盾:

任何能够被冠以"美"的著作,文字音节的纠缠、作者思源的交错,本身就具有矛盾的、美丽的悖论意义。这就是说,尼采、康德、笛卡尔……这些伟人的著作,因其能洞悉常人之所不及并佐以论证,且因"生活在大地"进行"自我嘲讽"而伟大,而并非一味地发散自己广阔的思绪、彰显自己的独特。因为自我嘲讽意味着对脆弱的展现,对自我局限性的洞察。正如爱问别人问题、聪明骄傲的苏格拉底所说:"我唯一知道的事就是我什么都不知道。"越伟大,则越"自恋"且爱挑自己的毛病、越将矛盾的悖论谱写得淋漓尽致——叫人读过后，能够从中看到自身头脑发昏时的映射，从而推进自我反思的进程，获取新的成长。我相信，真正伟大的哲思者，写作的过程于他们而言也是一段自我审视与进步的旅程——也就是说，不仅读者因读到作者的悖论文字而发掘出更多的自身潜力，作者也因为"写"而成长，也因拥有用文字与"概念"相纠缠的经历而获得机会超越自我。

因此，所有的，我们人类：读书人、写书人、批书人、厌书人……所有被看到的、被或不被接受的、被叙写的"悖论"，充其量都不过是我们实现自我进阶的一种手段。

而我过去犯的错，在于特立独行地活着，只想追求独特、创造独特，通过"引导"这个借口尝试用理论同化身边人。

不，或许这不是错，这只是"新愈者"治愈自己的手段罢了，是为了防止自己溺死于星海、自己为自己所构建的乌托邦之梦罢了。

梦醒，进入下一个轮回，还是"新愈者"或已经进阶为"启迪者"，时间不会给出答案，但是，经历会。

只有我能告诉"我"，我到底是怎样的"我"。

世界上只有一个有温度的太阳，释放的热量给所有吸热反应的发生提供了理由。

大部分的我们是宇宙中的一粒尘埃；有时尘埃能用高级的头脑发昏欺骗自己，误认为自己是一颗星星。这种"定义"在外人看来是可笑的，但一部分人仍然用善意的嘲笑去褒奖这种纯真，仿佛"没有经历过被特定俗称的定语修饰的'星星'，是纯粹的体现"。

所以尘埃活在自己为自己构建的星梦中，一旦被唤醒，就溺死于星海中。

但这仍旧是美丽的，尽管幼稚、不被人理解。仍带有人们对纯粹的渴望，以及自由意志的神秘主义色彩。

如果主动将自己分为两半，接受与自己灵魂独处时从脑洞中迸发出来的各种形式的"想象"，接受某些模糊的、微观的、形而上学的概念，接受自己的局限性……那么，被触发的短暂的一刻自由的体会，足以改变一个人一时的观念，足以从宏观层面上改变一个人的一生。

并且我还发现，在某些与另一个、其他无数个自己共振的瞬间，内心的充盈只可意会不可言传：不需要语言的定义，因为其存在的分量之大，渺小的人类没资格用自己创造的那有限的字符，去定义它。

我

我爸评论我：

"你啊，就是那种，如果能一直被保护得很好，一直被给予美好，就能用新观点为热爱的事业增添色彩，就能够取得一番建树。"

可是，伴随着时代进步的，不就是越来越多"不美好"的生长与贩卖"突破保护之盾的矛"的人吗？

似乎"我"的消亡是必然的？

但我反而，想通了？

我尝试了六年，这六年我一直在"治愈"自己。何为治愈？在我看来，就是改变自己的天性。

我热爱任何形式的哲思悖论，我脑中天马行空的念头能被我具象化并且运用于生活中。我喜欢读书、接受任何新鲜的观念，而传统的思想文化也是我研究的一环……任何观点的外输，与其说为了彰显我"独特"的荣光，不如说是我活着的意义所在。

"强者自救，圣者渡人。"

我天生对"强者"的字眼不感兴趣，曾经强迫自己爱上它。但到现在，甚至可能多年以后，我内心对"圣者"的尊敬与热爱都无法因为我"被迫对强者的喜爱"而被抹去。这也是为何，我在看到甘地的"愚蠢"后泪如雨下，我在读尼采的《查拉图斯特拉如是说》时如痴如醉。

我热爱以各种形式存在的体会生活、辨析人性、用空想孕育出新兴灵感。我的脑洞太大了，但同时我又能限制住这种脑洞的发展，并且将脑洞里产生的灵感融入生活琐碎中，做到知行合一。

然而我所具有的局限性，好像也如命定般被镌刻在历史的石块上了。

局限性的体现在于：有时我会被人们评论为：

"理想的空想主义者"；

"破坏地球和谐的、伪善的不恒定因素"；

"喋喋不休的、带有哲学思辨力的、烦人的女性"……

如果从局限性这一层面来看，确实，我一直在治愈一种专属于我的病。

但确实，显而易见，我尝试治愈了它六年，可此疾药石无医，我也逐渐病入膏肓。

然而这种病入膏肓带给我的，是一种崭新的看待世界的方式。

是一种在剖析世界时，直觉所产生的热情、热切、热爱，以及否认、怀疑、质疑的感觉，我的灵魂中有一个特别的存在物，我不知道它是什么，只知道它能让我同时感受到愉悦与忧伤。

是一种很矛盾的体验，也是一种很奇怪的体验，奇怪到我愿意牺牲一辈子去探索、延续这种体验。

所以便少了忧伤。尽管矛盾，却能以骄傲之姿面对它，不害怕地迎接它的挑战。

我爸很不理解我，我的朋友也是，他们问："为什么有时候，明明可以少走一些弯路、避免一些犯错，而你却毅然决然地去经历失败与落魄？"

我现在终于可以骄傲地说，因为我是"我"，只有过去的失败才能使我强大。

因为我是我，我的路注定与诸位的路不同。

也因为我是我，我愿意带着尊重与欣赏，赞扬每条在尺度内的、诸位的路。

也因为我是我，我和我的局限性告诉我，当我不再被保护和热爱包围时，"我"真的会逐渐消亡。那么那时候的我，便再也没有心力去尊重诸位的路。

我似乎能预见我未来的转变，也想将"理想"贯彻到底，这看似矛盾，却是我成长……乃至活着的动力。

如果说从前的我，渴望用知识与自由彰显自己的"独特"，那么现在的我，希望我在为自己引路的同时，能够真心地对我身边的每个人说一句：

"你真的很独特。"

甘地的愚蠢，原来是我一直在追寻的解药。

我思故我在

笛卡尔也曾陷入过神秘主义的漩涡中，然而美丽的是，不断发展的、对真理的渴望赋予了他重生。基于这种渴望的基础是什么？对未知的渴求欲望？对数学几何的热爱？对自由的追寻？一切的一切，仿佛生命的推动力激发、鼓动、促使笛卡尔说出那句：

"我思故我在。"

我思故我在，因为只有身处在无垠的思索海洋里，自身的局限性才能在黑夜的海上投影出自身狭隘却美丽的光。

我思故我在，因为只有"思考"这个动作能让我体会身体与心灵的互动，从而有底气说出"我在"。

我思故我在，在属于自己的路上向前踏出的每一步，都因无数条思源的缭绕纠缠而发。

我思故我在，在思考过后对世界一隅哲思的重组、重复发声，虽然看似烦琐无意义，却能从本源之处治愈一个人因曾经害怕思考而患上的隐疾。

我思故我在，只有思考，才能让我在看到笛卡尔的"我思故我在"后用不同的语调重复它。

"我思故我在"，如此，我便拥有了它。

立体的我

我活在三维，凝视着二维，心中所想从四维到十维不等。因此我注定是一个立体的人，我变立体的过程从来都不该被限制。

在我看来：我当然不是上帝的宠儿，不是女主角，不是拯救世界的 leader。但我确实是我的世界里最特别的一个人。我不太喜欢数学，我写数学；我不喜欢吃猪肉，我吃香肠；我喜欢运动，我不喜欢跑步……我的矛盾和复杂性，是我作为一个立体人的特性。

有人说，许多人说，"活着是一场单机游戏。"单机游戏通过刷经验的过程让玩家等级提升、感知更多。而上升的等级、理解方式的进阶，不正是立体的表征吗？所以活着是让自己变立体的方式。

活着，要，变立体，以上，例子，充足。

上面一段，我摒弃了传统的写作风格，放弃华丽辞藻的堆砌，生词的运用是不必需的，长句的使用过于烦琐。而读者从我的新文字及风格中体会到的属于我身上的特性，被我定义为在蓬勃发展的自由意志中冉冉升起的新星。上一句我的所思所想所写，和之前的并没有什么不同，却又与上上句的意思相悖，与上一段不同。

一段话里不同的语句变化、词语使用，便能再度改变你对我的看法和认知。而只有足够立体的人，才能随时改变别人对自己的看法。换句话说，才能在万千变化中不变自己的本质，在无限延伸中不偏题：向大家传达"活着，是让自己变立体的过程"。

看完了我的文字，你思绪万千。你想："活着，真的是让自己变立体的过

143

程吗？"你想反驳我，或许咬文嚼字；你很赞同我，思考着更多的可能性；你觉得我很无聊，倒头就睡；或许你根本没心思看完这篇文章，却在某个时刻，体会到一些"生活的灵感"。

挺好的，挺好的，我们都在以不同的方式让自己变立体。

杂谈（1）

显露出来的痛苦和焦虑只是一种表象，是人们经历过欲求不满后的必然结果。

真正痛苦的人在生活中的静默，是无力反抗痛苦的表现。

因此我们更该注意、在意、理解、接触一些无力反抗的人。倾听就好，无须多言，无须陈列自己的痛苦，欲望的倾诉算是间接伤害他人的方式。

只是听就好了，听不愿意开口的嘴巴滔滔不绝。

而面对滔滔不绝述说自己悲伤的人，充其量只能说他们是快乐的、幸福的、幸运的。

毕竟，某些幸运的人，能够用表象的痛苦和负能量治愈自己。毕竟当嘴巴吐出这些负能量的时候，内心的禁闭便会被一瞬间的骄傲感解除。因为：

"我已经展现出我的脆弱了，你看我多么脆弱、多么可怜，却仍然活着，你凭什么脆弱？啊，对啊，我们不同是因为我心理强大。"

"我已经越过了曾经的苦难，所以我毫不在意地述说苦难，美化或扩大我的苦难，这只是为了给苦难一个存在的理由，为了用苦难存在的意义解除我内心的禁闭感。"

而不幸的人，一旦用"封闭"治愈自己的瞬间被停止，那么痛苦便会无限生长。

没错，所以我们最该做的，最该学着做的，是无论在滔滔不绝或是默默无声的人面前，都成为一个真正会倾听的人。

杂谈（2）

如果"我"能有幸成为别人的谈资，在他人滔滔不绝论述、批判、赞扬我的时候，激发他们内心的喜悦、兴奋等情绪，不是恰好从另一个角度论证了我存在的意义了吗？

所以我很高兴成为大家嘴里的"Helen"，尽管她不是我，但能打着我的旗号给大家快乐。

也算是，一桩美事。

杂谈（3）

看山是山，看山不是山，看山还是山。

我们无非就是在这样一个过程中反复了人生：

"看山是山，看山不是山，看山还是山。"

从【存在】理论来说，冬天的冷空气和春风并没有什么不同，它们同属于"风"；在覆满轻快之声或靡靡之声的生活中，我们都能随时蹬地奔跑，因为"声音"并没有什么不同。

但为何有时在审视相同的【存在】的时候，我们总是习惯性地去给予它们不同的定义呢？譬如，这是一朵难看的花，或者，这是一朵好看的花。

难看与好看局限住了你的观点，让你只能看到事物的"本质"而非【存在】。

丧失了看到【存在】的能力会让你错失很多奇妙的体验，因而我们有责任去学习如何拥有一种能力。

首先，看不到【存在】，你的不同观点是罪魁祸首。

而不同的观点能被总结成不同形式的"看"

看拥有许多形式：譬如你眼睛里因为外物的投射而散发的光、皮肤感受到的柔软触觉、内心深处沉浸下来的平和……

我们看风、听风、吃风、感受风……这些都是人们直观地想去"抓住风"的欲望，欲望让我们只能看到事物的本质，而非【存在】。

有欲必有求、有求必有果、求果更增欲、欲速则不达、不达又生欲……这是事物的"本质"为我们设下的陷阱。

那如果你摒弃一切欲望"看"风呢？这不同的观点会不会让你"无欲却能

达"，透过"本质"看到【存在】呢？

举个简单的例子，当你在评价一个人的时候，若是只以"他是一个人"为前提去看他过往或好或坏的经历，摒弃一切主观的评论（如"他真是个好人"，或者"他真是个坏人"），那你确实能看到他的【存在】，因为你抛弃了评论他人的欲望，你开始意识到"我的不同观点没那么重要了"。

如此，你便能看山是山（人是人），看山不是山（这个人不是我想象中的那个人），看山还是山（我想象中的他只是他的一部分，或者不是他，因此他还是他）了。

如果加一些"善意"以辅佐你的"看"呢？

那你就能在追寻【存在】的道路上，确定山是山，山不仅是山，山还能是"山"，这会扩大你独特的体验。

譬如在通往咖啡店的路上你看到了一朵树上的小白花。你明白这是花（看花是花），如果你能因此看到上帝的馈赠，从而激活了他给予你的、属于今天的自由和勇气……

那你不仅看花是花，还看到了自由，看到了被给予的勇气，看到了明天的期待……而这些与"花"其实并无联系，因此也可以说你看花不是花。

而当你回过神来，你看到了那朵白色的花，那个从未改变的【存在】。看花还是花，但花也成了"花"。

杂谈（4）

"我能透过文字看到作者内心的高傲。"

如若我写下这句话，大家也能从这句话中看出我的骄傲。毕竟，任何说得出口的"能"，不仅表达了我的能力，还表达了我因为拥有这个能力而骄傲的内心，这促使我为了向大家展现我的能力而写下这句话。

同理，如果读者在读懂了我之后用自己的口吻复述这句话，复述这句原本属于我的话，另一些人也会认为读者是高傲的人。

相当于，我能接受这个知识点，并不是因为我智商高或者天赋异禀，而是这个知识点赋予了我权限去辨析它，因为它本身就是能够被接受的。

所以，任何能被我们参透的哲理、能被我们运用于生活中的已被理解透的公式定理……一切一切我们所认为的我们了解的东西都无法展现我们自身的能力和优越性。因为从我们能"懂"它的那刻起，它的设定就被暗示了：它存在的意义就是让人类去理解和接受。

我一直都不相信，真理是能被人类参透的。我们顶多只能用自身的经历创造出自己相信的、属于个人的真理。然而由于每个人的经历都大不相同，真理于是没法被统一化。确实，人们也可以这么解释真理：

它其中能包含无数分流，所以分流形成的名叫"真理"的主流才显得伟大。

与人类和人做类比，好像一切也像是这么回事：

人类包含了人，人却不能等同于人类。

但是，我在这里只讨论一种可能性，即"事物的个体性"，也是"真理无法被统一化"。

当一个人，或者说外星人，在不知道一个人类名字的前提下遇见一个人，很有可能会说"你这个愚蠢的人类"！

或者在某些特定情况下，譬如疯狂的科学家因为被人这种个体所伤害，所以脑子衍生出"我要毁灭人类"的想法。这时候的人类，其实更指"人"这个个体。

而我，在被某人伤害时，满脑子都只有一个观念：

"人类啊，毁灭吧。"

这些时候，人类是可以被称为一个个体的。

以事物的"个体化"为前提，面对"无法被统一化"时，我脑海中也有了新的解：

试想一下，无数人口中的"你"，某天被一个人类学专家拼凑糅合进一篇论文中，讨论"你到底是什么样的你"。

那么这个"你"是你吗？你愿意给外界看到的"你"，是真理的幻象，还是真理的本身？

也就是说，无论心理学家、人类学家围绕"你"展开多少有意义的研究，充其量都陷入了你所布的局。因为"你"真的是你吗？

真理同理。"真理"真的是真理吗？

因此，事物从某些层面看，是无法被"统一化的"。

于是"真理是否是一体化的？能否被统一化？"在我的认知看来，也有了新解。

正因为只有一个真理，而我们没法参透它，所有我们围绕此衍生出的其他"真理"，其实不过是短暂的、高级的头脑发昏罢了。

所以有时，我们充其量也就是知识的奴隶，被自由意志所控制的玩偶，在追求真理的路上被其他东西迷惑心智的人类。

所以，才需要不停地思考、思考，去发现，对世界万物持有敬畏之心，用好奇心和探索欲去爱这个世界，去接近那些未知的、无法被参透的真理。

然后去想，促使我写下这篇文章的动机是什么？

我又是否被什么东西，迷惑了心智？
而促使你看这篇文章的动机是什么？
你内心的真理，能给你答案吗？

杂谈（5）

　　努力不会使人绝望，长久以往的努力后没有结果才令人失望。但努力其实是可以给人带来情感上的满足的。如果现在的努力是只能让现在开心，带给未来幸运的可能性不大。

　　一直努力下去，就能一直在"现在"开心。

　　一直努力下去，在未来的现在也会开心。

杂谈（6）

最近明白的一些小道理：

1. 要尊重每个人生命中的烟火气，因为"烟火能让尘埃起舞"。

2. 和任何人说话，都要考虑到对方的条件（并不仅仅是经济条件，还有生活条件、学习条件）、身份、家庭背景。有时候，千面玲珑，"见人说人话，见鬼说鬼话"不是贬义词，是尊重他人的体现，是保护自己的方式；只要你和对方说话，不是为了伤害对方。

3. 面对他人愤怒时的平静，在愤怒消散后，会带给你意想不到的快乐。

4. 每个人都有自己成长的方式。

5. 确实是，"只有读者才能赋予故事意义。"

6. 我得到了很多东西，我除了感恩，还是感恩。

7. 顺其自然，是最好的力量。

8. 我觉得，此刻若是内心充满着爱，便去大胆地爱；此刻若是难过失落，便找个法子让自己不那么难过。表达爱意和让自己不那么难过的方法，我寻思着，运动、徒步，这些都是最高效、便宜的方法啦。

杂谈（7）

每个人的心中都有一处最柔软的栖息地。

在那片栖息地里，有闲云野鹤驻足于心湖旁，笨拙地亲吻湖面的涟漪。

有一棵不知名的普通大树，却枝丫繁茂，每一片叶子叶脉的形状，都蕴藏着无限意义。

有那么一栋小木屋，在那片栖息地里，随着湖、鹤、树一同生长，一同安静地倾听那片天地柔软的呼吸声。

那片栖息地里的季节颠倒，可以四季如春，也可以冬春夏秋。

栖息地里的每一种"生物"，都没有被赋予生存的意义，却谁都明白"生"的本质；放肆的乌鸦迎着日光起舞，雄鹰不一定要在天空中翱翔，花的香味没有被尘世的喧嚣沾染，那些不知名的、矫揉造作的躁动，能在瞬间被清风抚平。

在那片栖息地里啊，月亮和太阳常常同在一片天空中闪耀，月亮不是借着太阳才美丽。

在那里，星星可以在白天将漫天星河洒落到人间，烟火能在拥抱天空的时候幻化成星星。

所有存在过的东西都会被铭记，所有美好的永不消亡。

那柔软的栖息地啊，承载着我们生命的厚度与高度，包容着我们的愤怒与骄躁。就是这么柔软的一片栖息地，在每个人的心中，或者心的旮旯中，悄悄地、默默地坚守着，我们曾经或者现在拥有的纯粹。

内心的柔软，不需要被别人看穿，因为我们心中都有那么一片柔软的栖息地，它替我们保护内心的柔软，永远不求回报。

杂谈（8）

3000年前，在希腊德尔斐神庙阿波罗神殿门前有三句石刻铭文："认识你自己""凡事勿过度""承诺带来痛苦"。许知远老师说，苏格拉底的狂喜来自他拥有一个可以问他各种问题的学生，这个学生为他构建了真诚交流的欲望之网：满足他作为哲思者的、那些纯粹的欲望。而罗翔老师说，苏格拉底的狂喜来自他对德尔斐神谕的认识——"认识你自己、凡事勿过度、承诺带来痛苦"。

我觉得真好，我认为苏格拉底的狂喜"基底"或许是由"真诚的交流"与理解"德尔斐神谕"共同筑成的，因为它们从本质上来说都能让苏格拉底无限制地打破、反思、自嘲、升华、打破、反思、自嘲、升华……的过程，这个过程，让他狂喜。而在深谙这个过程后将过程讲述给学生听，分享这个过程，更令他狂喜；这个过程与曾经的自己所看到的"德尔斐神谕"存在必有的内在关联性（因为万变不离其宗），这更加让他狂喜。

然而，狂喜总归是短暂的。但是，狂喜也是永远存在的。狂喜尽管是瞬时的，但促进其产生的过程是永恒的（圈）。因此请允许我定下谬论：一切情绪的衍发来自于某个过程，而这个过程是永恒的。如果在某人心里，情绪＝狂喜，狂喜＝他所认定的真理，那么我便可以得出不那么严谨的结论，永恒的过程能引导至个人主观所追求的真理的实现。

所以有时候，处在某个"命运的圈"里，无法挣脱，无法对抗，这不是我们无力的体现，或许是我们在过程中逐渐接近真理的象征。

杂谈（9）

我越来越相信，人性本恶。原因是什么？

正如我对于"为什么人们喜欢故事"的新解释那样：故事是一种方式、一种手段。它不是结局，也不是开始，更不是某些人吹嘘的"具有灵魂"的存在物。它只是一个"被利用物"。

正如媒体一样，如法规一般……人们只能通过创造故事来歌颂那些我们不纯粹拥有的、渴望的、令人感动的、纯粹的"善意"，只能用一个个人为创作的幻想，来抑制人类自身天生的"恶意"，来激发人在人类社会中应有的"善意"。而这些"善意"，有的将我们凝结了起来，让我们中的一些人能够拥有相同的信仰，从而找到某些可以进一步抑制自身恶意的"归属感"。而还有些善意，通过其本身"故事"的属性，能够将拥有相同经历或者价值观的人们以"分享故事"为理由连接成一体，间接给人们创造"归属感"，以此抑制恶意。还有更多通过故事传播的善意，那虚构的、可悲的、可贵的善意，在尘世间永远成为一种被利用的工具，以此达到不仅是抑制恶意的，更有甚者用来操控人心的目的。

但，对此我还有话要说。认清人性本恶，并不是一种对于人世间的消极态度。相反，从某一程度上这能让我们认清自己；能让我们警觉他人莫名的善意，能让我们在发散自己创造的善意时，清醒、懂得分寸；不然这一份由我们创造的善意，便会成为我们达到目的的方式或手段。它还能让我们更加理性、辩证地看待事物、探索宇宙本质、追求真理……而理性也是推动社会进步的内在驱动力。

最重要的是，认清"人性本恶"，能让我们明白善意的可贵，因为我们谁都未曾拥有过，那纯粹的善意；哪怕是不纯粹的善意，也是可贵的，因为它被用来抑制我们天生的恶意，以此推动人类社会的发展。

杂谈（10）

1.沉溺于"自我感受"中，是非常致命的。告诉别人"我是这么想的……"或者"我（不）喜欢……""我高兴……""我悲伤……"

这些关于内部情绪的释放，如果与情绪的承受者（你说话的对象）无关，看起来是非常可笑且无意义的，有时候还是非常伤人的。

2.有得必有失，这句话的前提是，你起码得得到些什么。

3.沉浸于和别人竞赛的快感中，你会越来越不像自己。没有机会拥有这种快感，你也会丧失一些前进的原动力。

4.找准自己真正想要的东西，为了获得它，你可以变得稍许极端。但变得极端的前提是，你得明白极端的优点以及劣根性，你得洞悉到"有得必有失"的存在。然而，所有的"失"，在"找准自己想要的东西"面前都显得没那么重要了。

5.与真正清醒且高格局的人对话，你总能感觉到被尊重感以及得到一些实质性的帮助。首先，这类人与其他人不同的地方是，他能准确地结合你的情况，不考虑诸多干扰性的外部因素，对你的问题提出有意义的建议。有意义在于这些建议首先是可行的；其次，这些建议尽管不那么符合社会对"好"的定义，或者非常符合社会对"好"的定义，（但）它们于你本身而言是好的，符合你自身对"好"的定义；最后，这些建议不是以压迫的口吻说出来的，不是以高估或者低估你的口吻说出来的，这就要求那个对你说话的人对你有准确的认知与评价，也是为什么我说他们清醒且格局高。

6.以18岁的我的视角去看，格局低的人身上具有的特性：（你也可以说我的格局低，然后把我的特性归纳到"18岁格局低的人"身上拥有的特性）毕竟格局这个东西，永远是人外有人、天外有天。

7. 相信自己的直觉，直觉来自人对自己过往经历的总结。

8. 相信"长江后浪推前浪，前浪死在沙滩上"。（后浪与前浪都是浪，本就是一体的，而不是"你让我消亡"的对立关系。更新与变革一直存在，但传统与旧时尚也会一直被保留。前浪将自己存在的意义传承给了后浪，怎会死亡？）

9. 相信社会给予人类的幻影。譬如，医生就是最高贵的职业（没有说它不高贵，只是不是"最"）；权力是我毕生的追求，因为它能让我成为人上人；学习法律、航天科技、工程……我就能成为人上人了；学习艺术我就是艺术家了，与凡人不同……

（其实职业与学习内容本没有错，人们去学习某些东西的动机也没有错，想成为人上人更没有错；错的是相信通过自己对某些特定的知识的学习，自己就能变得和其他人不一样，或者能够变成"人上人"。）

10. 经常性地自说自话——在自己的逻辑里打转。

11. 经常挑别人逻辑上的错误，而忽略别人隐藏在逻辑里的话里有话。

杂谈（11）

  电影叙事风格的变化体现出观众的审美在不断地改变，而且改变的速度只会越来越快。因而任何一种风格的制作，都会因为观众不断变化的审美而面临无数可能性：黑天鹅事件、"泡沫"制作，甚至票房的连锁反应……我不懂电影，但我拥有正常人的审美能力；我不懂商业片和文艺片孰轻孰重，但我相信一部好的电影能采用"商业+文艺"的元素赋予自己新的含义。任何导演在未来都有可能创造出属于自己的电影，因为任何导演都能明白"商业+文艺"模式在电影创作中的重要之处，因此一部电影是好是坏，这大部分取决于电影内核"故事"的立意是否足够中庸；因为观众的审美，在经历过千变万化后（甚至前），都会趋于"中庸之道"。

  譬如昨天我看了陈凯歌导演的《无极》，我为此电影的视觉冲击所震撼，我赞叹《无极》这个"故事中的故事"的立意之深刻之引人（故事中的故事的立意不等于中庸，复杂某个概念以此实现立意的纯粹化表达）；这也是为何我觉得以我的审美并不能看懂它的原因。观众不是纯粹的艺术家，却也明白并具备成为艺术家的潜质；因而我们喜欢中庸——也就是所谓的分寸感。首先，《无极》的立意是基于故事中的故事的，而非我在上一段所说的"故事的立意"，与此相比多了一个"故事中"。这是什么意思呢？相信陈凯歌导演读过很多经典著作，洞悉"无极"里的千万种可能性，但是"无极"本身就是一个故事，是由他人、由自然创造的一个故事，无极也是"无极"这个故事的立意。而陈凯歌导演的《无极》想用"无极"这个故事和它无极的立意去套自己创造的故事，难，太难了。最根本的原因是无极的立意太广，就像"活着的意义"

这一立意一样，太广了，一不小心就会让观众看不懂（或者觉得导演在故弄玄虚）。

在我看来，更好的做法是固于一个中立意，再从此立意中分散出其他与此有关的小立意。也就是确定一个立意，围绕它创造出故事，而其他观众于此的感悟，都是小立意，也与中立意息息相关，因而绝不唐突，无比的中庸，此乃故事中的立意。（譬如我想写活着的意义是越过困难，那么整个故事我都可以围绕越过困难去写，A克服对水的恐惧，逃离孤单的小岛是越过困难；小岛因为A的到来而打破了曾经禁锢他人的自己，也是越过困难。而非像《无极》一样，要写A和小岛这个关系的无限可能性，太广了，太乱了。）

可尽管我这么说了，也无法撼动陈凯歌导演在影史上的地位。他也一直是我所尊重的人，是我在电影这一行业中的偶像。反而是我借由陈凯歌导演的作品，发掘出了自身对"立意"的感触，提高了我的艺术修养，以及对"中庸"的辨析能力。陈凯歌导演也在以另一种方式渡己渡人啊，尊重。

有一些艺术家、文学家、诗人……活在自己的世界里，滥用一切看似华丽的语调掩盖内心的虚无，不仅是"不动脑子"的体现，还是过度自我的证明。然而正如康德说的那样："这种'自我'仍是值得被尊敬的，人们对其的发笑也是对自己的嘲笑。"这类"自我"的人心中总有一丝纯粹，纯粹里包含着时光的流逝。他们不允许其他人来打破自己的纯粹，可是一旦有人打破他们的纯粹，他们要么放弃纯粹，信仰破碎的如行尸走肉般活着；要么依然坚持纯粹，活在自己的世界里无法自拔；要么坚持一部分的纯粹，使一部分的自己与现实相连，实现"中庸之道"。

因此这类纯粹的人也是易碎的，也是可笑的，也是珍贵的。就像某些纯粹的电影一样，有自成一派的风格，或许不受观众尊重，但它是导演的一场仲夏夜之梦，这种梦，也是坚持的象征，而电影本身也是"个人主观的筑梦"过程。因而从某种意义上来说，这类电影也是值得被尊重的。

尽管我们的审美千变万化，尽管某些电影、导演于观众而言永远是批判对象……我也希望，作为观众，作为拥有成为艺术家条件的观众，我们能对导

遇见最美的青春——我的留学成长心路

演和电影多一些包容、多一些尊重。能对某些媒体的引战言论说"我觉得很无聊"。

在认真看完一部电影后才有资格说"我觉得很无聊"。

杂谈（12）

隔着时间的长河，一个人，既能够是历史的观察者，也能够是被观察者。

他在观察、记录另一个人的历史时，同样也在创造着属于自己的历史。当然属于他的历史也能被第三方记录并进行解读。如此看来，第三方是观察者，而他则是被观察者。

明白自身"观察者+被观察者"的属性后，身在局中和无法反抗命运的无力感便会油然而生。然而，正如我之前说过的一样，一体身上，是可以凝结"观察者与被观察者"的属性的，只有满足了"观察者"这个身份，我们才有资格"被观察"，然后再进行观察。这是否也能证明，有力与无力，都是能够并存的？（这种二元对立点明了观念：前者是引发后者的条件。）只有"有力"存在，人们才有资格述说自己的"无力"，才能再次拥有"有力"的机会，将"有力与无力融合于一体"。

还能做很多的类比：譬如，只有失败过后，我们才知道何为成功，才能拥抱下一次失败与成功。生而死，未死焉知生，未生焉知死。这里"死"的定义不关乎物理性死亡，如果想说物理性生与死融合于一体有失常理，或许因为人类文明还没发展到某个可窥天理的地步。想到这儿有些遗憾，但遗憾与无遗憾又能是一体。相信拥有了遗憾，我们的子孙后代才能够弥补遗憾，创造更多的遗憾，交给后人弥补他们的遗憾。

换句话说，这种"一体里同时兼并相对而立的两种属性"是促进人类文明进步的一大良药。可有时它被称为"矛盾"，有时它被称为"悖论"，有时它被称为"想太多",有时它被称为"奇思妙想"………

如何看待它,这个问题,只留给所有的观察者与被观察者去解决。

杂谈（13）

读书是提高审美力、思辨、格局、批判精神的有效方法。而书被创造出来的现实含义是——让人们生活的更有效率（因为个体能力得到提高）。

然而我一直没搞明白，若是人们的审美力、思辨、思维的拓散、批判主义般的笔触……不能运用在生活中，为何还有许多人想去读书呢？

后来我想到，智人（可以理解为人类）与动物最大的不同便是会创造故事。我们使用的钱币、思想理论、某个系统……甚至文明都是一个个被创造的故事填满的集合体。

或许仰赖"故事"，我们才能觉得"我们能够掌控自己存在的意义"，我们的存在，因为意义，而变得有意义。而这些意义都被故事赋予。

因此不难想到，书，作为故事的集合体，它的功效还有：通过创造一个"你读书"的故事，强硬地赋予你"存在的意义"；而你的存在，也因感知到这种意义，而变得有意义。

因此，哪怕你不能因为读书而使新兴思想与旧思想有力地碰撞，你还能告诉自己："我读书，所以我的存在有意义。"而这一"意义"会驱使你去读更多的书，某一时刻，天时地利人和，你会突然发现：

哎，我的审美力、思辨、格局、批判精神怎么提高了！我怎么突然能有效地生活了！

杂谈（14）

我知道的，有一些人，仅仅是存在在那儿，就足以让我们反思了。但是，那些能促进人们反思的人，必定也是借别人去反思自己的人。因此这么想，便会觉得，无论是反思者还是被反思者，反思是人们生活中必不可缺的东西。

杂谈（15）

  通常人们认为，凡尔赛宫里的浪漫，若是被寄生于人心中的虚荣沾染，便少去了浪漫主义的色彩。被人们戏称为"凡尔赛"虚假美学。

  但是，我们并不能否认浪漫的存在，对吗？就像我们不能否认，善用凡尔赛文体的人们，他们内心深处，也有一隅充满浪漫且鲜活的色彩。

  如果可以，我愿意当一个倾听者，倾听大家心底的浪漫；也想当一个救赎者，告诉一些人：不要否定你心里的浪漫，不要因为他人表达浪漫的方式与你不同，就否定他人心里的浪漫。

杂谈（16）

我越学习，越明白"自我"不存在于"个性"中，"自我"存在于我所属的人类这个种族，与她相对应的文明中。

仅仅明白我是人类，就足以让我感恩所有的发生，无论喜悦或者悲伤。

因为这些发生，让我不仅明白我，作为人的脆弱、可贵的善良、邪恶、复杂……还让我接受，渺小的我的存在仍然具有意义，因为我是人类……

人类——这么一个伟大的存在。

杂谈（17）

作为一个需要故事的人，我喜欢听故事，我喜欢传递故事，我喜欢拥有故事的他、她、它，我喜欢被故事填满生活的每一天。

所以不必为我担心，不必为我烦忧，不必嘲笑我的愚蠢，不必想要改变我的理想主义；

所以你可以为我担心，可以为我烦忧，可以嘲笑我的愚蠢，可以妄想改变我的理想主义。

因为我只是一个说故事的人，我只想成为充满故事的世界里的旁观者，我不想创造故事，我无心嘲弄别人的故事，我无心为别人杜撰的关于我的故事而烦忧。

我只想让我的生活因为倾听与传递故事而成为故事的一部分。

我们生活在故事中，而不是用故事来生活。

杂谈（18）

小红是一个单纯、善良、可爱、正直、大方、活泼的女孩。小蓝是一个霸道、帅气、多金的霸道总裁。因为小红那可贵的单纯，小红和小蓝结婚了。

相信很多人的第一反应就是：这应该是个俗套的总裁文。

并且甚至不愿将两个人物的形象拼凑成一部剧情画面，并呈现在脑中，觉得这是在浪费时间。

然而，小红真如表面一般善良可爱活泼吗？如果说一个人真实的一面与她表面不符，那小红的内化反应是什么？她的情绪的波动、思绪的澎湃，又与什么相关呢？

然而，尽管小红真的单纯，这种单纯为何又成了一种"可贵之物"，而不是活在感动自己世界里的愚笨？

照这个思路想下去，小蓝也是一样的。他外表所呈现出来的东西，永远与内在形成反差对比；也永远吸引我们去探索那种不一样的内在，探索行为动机，甚至，性格是否由习惯造成？

而我刚刚写的这些东西，相信大家在日常生活中，甚至看到"小红小蓝结婚"这句话后都会去思考。

再举一个例子，平常有些人热爱谈论明星的光鲜亮丽，也热爱谈论他们的私生活八卦；有些人喜欢看似不羁的特朗普，花三天时间扒他的生平事迹甚至行为习惯，想要更深入地了解他（特朗普支持者真的会这么做）……

为了更深入了解某人，我们热爱探索其内外的反差。而我们对反差感孜孜不倦的探索的热爱，是否能证明，有时候，人物的反差反而不是一种"羞耻"，而是我们的最爱？

而通过对反差感的探索，在深入了解某个人物以及他行为的动机后，我们似乎会更加在意那个人物，更加接受他的某些"反差感"。

假如我说，反差与矛盾无异，你又是否在观察他人矛盾的成因后，接受了他矛盾感的存在？

这便是处理矛盾感的第一种方法。

你爱自己的反差么？

爱自己一会儿生气、一会儿伤心的反差么？

将自己存在的反差冠以"矛盾"与"不一致性"的头衔，是我们的天赋。

而"矛盾"与"不一致"看起来又有些消极。而我们定义了这一种"消极"。

因为消极是由我们来定义的，这是否又能证明："只要人为地定义某些东西，那么那样东西，无论如何总会带有些消极意味的？"

因为我们拥有自以为是的关联性（schema）和与生俱来的、热爱连词成句、热爱颠倒因果关系的能力，所以所有的对某事的定义，与我们的所思所想其实都不是绝对的；是造成反差、矛盾、不一致性的根本原因。

因此，"小红是一个人，小蓝是一个人"，才能赋予人物无限可能。

这也为矛盾激化提供了全新的解决途径（相信很早之前就有人想过，虽然我不知道是谁，但我只不过恰好重复他人观点罢了，谢谢那个人）。

"如果发现你无法接受，或者渴望了解矛盾的自己，以及矛盾的成因；便不要给予自己'矛盾'的定义。"

如何避免给自己"矛盾"的定义呢？不要自己给自己贴标签，不要自认为是一个善良或者邪恶的人。

你只需要想，不加任何前缀地想"我是人"就好了。

杂谈（19）

人们总是喜欢和小白说：未来是科技化时代，你必须去学习一些"科技"手段，譬如编程。

小白信了。小白放弃了他热爱10年的文学，毅然决然地在大学学科技技术。后来他发现自己真不是这块料。

但他也是真的很努力。最后，以不错的成绩毕业，以不错的成绩进入某家公司，以不错的价格买下属于自己的房、家甚至爱情。

他开始考虑发展副业了，写诗！写诗就是个好的副业啊，毕竟曾经的自己是那么热爱文学。

然而经历了许多骨感的小白，开始看不懂诗里面的"美"了。不，应该说他也能懂得一些美，但面对最极端的美，他开始感到不解。

他放弃了文学，放弃了曾经过于理想的自己，但并不意味着他放弃了读书。

后来或许是因为自身努力的缘故，或许是因为读书的缘故，或许是对现有工作熟能生巧了……小白脑中总有些新观点，他曾经就觉得自己很独特，现在也觉得自己更独特了。他一直都觉得自己很独特，所以认为只有"可贵的事物"才能配得上他。

"这也是为什么我选这条路的原因"，小白在30岁回忆10年前自己的心境后得出了结论。

自己现在走的这条路，在以前的人看来，实在是太可贵了。

某天小白又去读书，去思考，他突然意识到：

只有心中满怀对"传统"的尊重与热爱的人，大脑才会因为"臣服"而被允许产生新的观念。自己关于"科技"的新观念的获得，似乎和曾经传统的"读书"也有关系。

小白开始乱了，开始迷失在自己的思绪里了。

他开始胡思乱想了：如果某天创新已经成为主流，那么"墨守成规"难道不会变得更可贵吗？

如若我们是因为创新精神的可贵而选择去创新，这时候，我们是否会去选择因稀有而变得可贵的墨守成规呢？

因此，小白所走的任何一条路，都只是一种，为了让自己看起来掌握可贵之物的方式。

然而可贵之物总是在随着时代的改变而改变。

因此小白才会迷茫，才会纠结与矛盾。

然而，若是小白不选择走"程序员"这条路，他也不会在30岁的4年后，意识到自己对文学的热爱，而在沉淀过后重新走上作家的人生之路。

也许另一个平行宇宙的小白，会因为他坚持"程序员"这条路，而在十几年后成为互联网公司的人才、佼佼者，甚至于CEO。

再或者小白继续着自己庸庸碌碌的一生，但却在平凡中与矛盾的自己和解。

也可能在某天去公司的路上，小白被车撞死了。

也可能……

任生命以己之道蓬勃发展吧，顺其自然自会带给我们最好的结果。

然而顺其自然便需要人们真正找到自己的价值所在。而非因为外界之声，去盲目地迎合身体里，因为想抓住可贵之物的"小我"的存在。

因为那个"可贵"，是由不断改变的社会定义的啊。

故事的最后，在一个，万中之一个闪耀着微光的平行宇宙中，小白选择了自己热爱了10年的文学。

读诗的那一刻，他眼中真诚而有力的泪，心底莫名衍生的平静，与现实"没钱"的骨感告诉他：

"起码我不后悔，起码我看懂了可贵的从来不是我的情绪、选择或者欲望、思想……"

可贵的，只是那一滴，没有理由而流下的泪。泪里，也不知道是谁在嘲笑小白，是谁在尊敬小白。

可贵的是，小白的经历能够成为故事的一部分

让我们明白，原来所有故事的结局，就和人生的结局一样，和生命的结局一样：永远是，没有结局的啊。

热爱思考没有结局、不该被给予定义的事情，迷失在自己对未来的评估中……

自大、骄傲、目中无人；自卑、沮丧、充满恶意；谦逊，自我失落……永远掌握不了分寸感……

这或许就是，上帝给人类最深的惩罚。

而另一个世界的我或许会说："热爱思考没有结局、不该被给予定义的事情，迷失在自己对未来的评估中……这或许就是，上帝给人类重生的机会，与最真诚的爱。"

杂谈（20）

　　我不敢去说我是未来的无限可能分之一，我也不想去说我脑子的一些思想流动……不想去述说我是否悲伤、喜悦、愤怒或遗憾……这些我为我构建的"我"，由思考、幻想和情感组成的"客我"，本就只是我的一部分，而不是我。

　　为了迎合"客我"耗尽心力，是无法让内心平静的。

　　我只要清楚地意识到这一点，就好了。

杂谈（21）

当你难过伤心没有动力的时候不要怨恨自己，试着去接受这样的你。但接受不等于永远是这个状态，只是说你换种思考方式去定义自身的消极情绪，从而达到自我安慰的良效。

比如你不想学习了，ok，那先别学，静下心来想想自己为什么不想学，理由是什么，理由合理吗。在接下来的时间里放空自我（并不是叫你去暴饮暴食or玩一天），这里的放空自我指的是不考虑外界因素，不去定义这件事的好坏。将自己思维中的负面关联性抽离，保留正面关联性。

不想学习不等于你不学习 or 你是废物或者弱者。

不想学习不等于别人在很努力地学习，不等于你已经或即将被超越了。

不想学习也可以等于你已经学了很多。你学得很刻苦，所以累了，累了是人最正常的生理反应，为什么要拒绝自己作为人的本能呢？

再比如，遇到困难解决不了的时候不妨这样想：

为什么我会遇到这个困难呢？是不是因为之前的生活太美好了，所以才凸显出现在的"难"。难过后美好又要来了，美好的未来在等着我咧。

怎么解决这个问题呢，嗯，我暂时想不出，但办法一定会有的，只是晚点才会发现。哦对了，这个问题我觉得难只是因为我独特的经历定义了它，那别人可能不觉得难呀，不如和别人交流一下？哇，我居然想到这一步了，在面对困难的时候我居然拥有如此乐观的心态！我太为自己感到骄傲啦！

承认自己的价值，接受不完美的自己。

享受每个时刻的状态，然后试着转换思维。面对一件事多去想想为什么，而不是立刻否定自我。

　　其实只要过了自己这一关，任何事情都迎刃而解。

杂谈（22）

在我看来，"前卫"是指个人矛盾指数达到顶端后，从极端中获得自我认同、自我治愈的方式。

所谓的逆境中找自由，大抵就能被"前卫"两字概括。

而许多人觉得前卫不被接受，是社会的错，社会还不够发达，社会你必须来背锅。再或者，社会被其他集体性词语代替，成为个体为自己失败的前卫经历开脱的借口。

某些极端化事物，注定无法融入时代的大潮流。因为宏观看来相对平稳的社会大潮流，为了维持自身的状态，必须得控制人的"变量"以维持人类社会"实验"的有效性。

但请注意，社会大潮流是被包括在社会之内的，但其分量却又不等同于社会。

社会是海纳百川的，它能接受人类的复杂性与矛盾性。试想一下你的存在，人群背后衍生的特别情感，有没有一刻促使你发出"啊我真独特""啊我怎么会是这样的""啊我讨厌自己"……的感慨？而你在有权力发出感慨的那一刻，就已经说明社会对复杂的你的包容性。

所以让我们放下从前的眼光，放下对社会大环境的批判主义，带着偏见去审视社会大潮流。

前卫不被接受？谁背锅？是社会大潮流而不是社会。

同理，你妈不爱你谁背锅？世界当中一部分导致你妈不爱你的人而不是世界。

然而事实果真如此吗？背"前卫不被接受"锅的真的只有社会大潮流吗？

追求源头，它还关于人体内自我、本我、超我之间纠缠不清。当人的欲望和野性，挑战了人对自我的定义，将人迷惑在"我被压抑"了的幻想里，使他们为了追求自由而变得极端、变得前卫，从而……

因此我并不鼓励这种"前卫"或是极端中的轻松。这是极度富有戏剧张力的，是矛盾的。

并且，当我将"极端"与"轻松"并置时，音节与文字含义本身也造成了一种冲突。

但我尊重"前卫"的存在。

"前卫"注定会与现在脱节。然而现在会变成过去，过去演变成将来，所以无论前卫与否，历史的洪流中总会有它的一席之地。

杂谈（23）

我常常说，尽管万事万物的发展轨迹不尽相同，但其内核驱动力是一致的。

就像现在，让我们高考获得高分的手段和方法虽不相同，但个体为高考取得高分而付出的努力都是存在的。

并且我坚信，"努力的程度"是一个相对悖论，就像一些人每天学8小时自认为很努力，殊不知他人尽管只学4小时，但所得所感与8小时的学习投入时间无异。区别在于学习8小时的人可能在手抄或默读课文，而学习4小时的人早已开始刷题，将知识举一反三、加深理解与感知了。

所以8不等于4，8又能等于4。

这是否又能说明，决定我们高考成绩的不是我们努力的程度，而是各自努力的方向？

那我们该不该为了高分而改变自己的道呢？

俗话说得好"道并行而不相悖"，所有为了高考高分所被制定的"道"，即使外在形式看起来不同，也不该被拿出来相比较，说谁高谁低。因为其内核都包含了"想考高分"的决心以及努力。所谓条条大路通罗马，正是如此。

路既然已经存在，不如接受这一现实？

但若是接受了自己的道，并且深知这条道的无效率性，人们该如何在这条路上走下去呢？

现实的一点就在于，大部分人会选择在这条效率相对来说较差的路上往前走，包括我自己。

这也是造成了人类矛盾性的原因，因为"道"形式的多变和内核一致性所对比引发的差异，让我们变得善于质疑自己、质疑他人，恶性循环，而这正是诱发矛盾与复杂性的成因。

那怎么办呢？我的路相对来说比较难走，我又不想舍弃之前的努力踏上另一条路。

那就接受吧，接受自己选择的道，所带来的无意义性及有意义性。

所有现在看来的有意义，只不过是因为这条"道"恰好迎合了现代社会发展的规律。

所有现在看似毫无意义的"道"，只不过是因为意义体现的结果被放在了更远的将来。

谁更高于谁呢？就像苹果、香蕉一样，看个人喜好罢了。

所以绕了一圈又回到了本质，尽管世界存在无数条道且道的意义都不相同，但它们又是相同且能被互相关联作用的。

人各有道，道阻且长。

走自己的路，让别人说去吧。

杂谈（24）

社会强权为迎合普罗大众所勾勒出的和谐景象和个人的内在欲望都能够有效地操控人们的动机和行为。

类比而言，我们总在追求自由，否定、敌视社会对我们的约束。

从另个一角度来说，被自由意志操控的这个消极的我们，难道就不是活在操控下吗？

所以人们对"操控"的定义是含糊的，正如我们对生、对死、对成功、对失败的定义一样。

所以才需要思考，才需要思辨。

杂谈（25）

很矛盾的一点在于：现代人跳进了一个奇怪的圈子里。

有些人跳得出来，看到的东西完全不同了。

有些人跳不出来，还是觉得自己是最独特的。

而我们又怎么知道自己跳没跳出来呢？

看自己能否深谙四个字：

"我不知道"。

杂谈（26）

情绪只是一种循环圈。今天你深思，未来你遗忘。在未来又出现一位英雄或者一个坏人，你再感动再痛恨再愤怒，也不过像个怨妇在嘶吼。

大喊大叫和呐喊是不一样的啊，你喊叫是因为你深知自己的渺小，那种无力感促使你无病呻吟。

你或许也遇到过类似的不公平状况，你或许最近一段时间里非常抑郁……这些喊叫仅仅是为了宣泄情绪，没什么实际意义。

但往好的方面来说，这些不顾后果的宣泄或许证明了你没长大、心中还有理想主义吧。

这很好，但是你要慎用理想主义。比如，你知道自己向往的是世界的和谐、个人的自由与幸福。你以"你所经历的所有苦难最终造就你的美满"为信仰。你或许嘴上说着不信命，但内心又无比渴望上天的眷顾。你时常会把一切的困难归咎到世界和上帝的身上。其实你本性中有着通透的灵感，你也知道一些事发生的背后隐藏着什么，或许你能从这件事上学到什么。

但是理想主义的人们，善良得太敏感了。敏感就意味着，把一切已知的线索和自己对事物平常认知的观点连接起来，然后，乱猜乱想。

但想得多的同时你也该想到，你看到的真相无非是由一片片碎片拼凑成的，怎么定义一个人一件事，其实全是源自你自身的经历。就像你怎么会想不到，你所看到的黑暗后隐藏着多少即将迸发出来的光？

所以你得学会呐喊，因为呐喊是充满力量的，好像在说：我接受这种状况，但我一定要改变它；我知道自己的能力不足，那我就找寻其他的星星之火，那我就让我自己成为星星之火的一部分。

呐喊是你有改变现状的决心，而非无病呻吟。

杂谈（27）

  永远不要停止你千奇百怪的思考，永远不要让这种思考的能力左右你前进的动力。永远要相信未知的可能，永远不要自我局限、停滞不前。永远和昨天的自己相比，永远创造一个只属于自己的宇宙。永远学会与自己和解，永远接受一切"不擅长"与"渴望"的。永远做一个矛盾的人，永远从矛盾中进步。

  永远爱自己，永远相信自己是最特别的存在。

  永远爱他人，永远相信他人的独特性，永远不要让自己的锋芒掩盖他人的闪光点。

  这样你就能永远开心快乐，永远平凡却不平庸。

观茶具有感

纳兰容若曾写过一首词：

谁念西风独自凉，萧萧黄叶闭疏窗，

沉思往事立残阳。

被酒莫惊春睡重，读书消得泼茶香，

当时只道是寻常。

词的意境恰到好处，似行云流水中一抹青翠的松。这世间的沧海桑田，都在不停地变化，也恰似，你我。

曾几何，忆往昔，岁月峥嵘。

叹过往，悔当初，白驹无情。

沉低思，醉卧场，只叹变迁过往。

我想，大部分人大概都是这种样子：过去了便怀念，怀念过后突发伤感，伤感后豁然开朗。开朗后又突然怀念。如此反复循环，累吗？累！大可怀揣满心豪情——你且缓缓伤春惜时，我便昂首阔步向前走，手里提着一酒壶，壶中却是清茶水。

为什么酒壶里没有酒只有茶水？

1. 穷！

2. 若斩获浊酒，当今社会文艺起来只显得在撒酒疯。

所以这世间浮沉万千，做人，且开心豁达就好。

看了那么久，那么你一定想知道今天我要论述的主题是什么。

是什么呢，其实我心中也没大底。你且称之为生活感悟罢。

树叶

曾经，老师交给我们一个任务。

摘一片树叶，留着他，看着他成长。

世间万物存在缘分，缘分忽远忽近，当缘分近到咫尺之间，我遇到了属于我的那片叶子。

是那么的绿、那么的鲜。这是我第一眼见到那片叶子的感受。

一片叶子，离开了他的"家"，独自在这个世界上存活。"也许我会活得更好"，他想。他曾那么渴望自由，那么渴望离开家。可是离开了家的他变成了什么样，谁也不知道。

当我满心欢喜地摘下那片叶子时，我便仔细观察——刚刚离开"母亲"的他，还是那么绿、那么涩，叶脉清晰，散发出一股"青葱年华"味。他一定很高兴，他自由了。

如今，那绿绿的、涩涩的叶子褪去了颜色，变干了，变枯了，变得十分沧桑了。它的叶脉变细，身体上布满了大大小小的洞。与之前的那个样子相比，实在是令人震惊。没有人会想到，离开"家"的叶子会那么脆弱。

落叶归根才是他的最终结局，无论之前多么伟大、美丽。但是最后，他找到了一生的归宿：也许，躺在曾经养育自己的家里面，才是最好的结局。

朝圣者

我成了一名朝圣者,在飘着微雨的乐山市,岷江上升起的氤氲探入我的眼内。走着,登上了一座山,再走,遇到了一尊佛。

此时渫雨已休,光风霁月伴我行。阵雨后青草的低垂也都透露着谦逊的意象。有那么一晃神,不知名的馥郁晕染开来,让我滞了滞。此时安下神来,仰天望望,眼前的景象透露着一股子不真切——是佛,佛在我眼珠子前,在我头顶上,在我可触却不可及的高度。

旁人问,佛在哪?我答:佛在心中。又问,佛在哪?我答:在眼前。众僧笑而不语,合手扣指齐念"南无阿弥陀佛"。

"佛在哪都是一样,佛又如何时时庇护我。佛与我,毫无相连,何来周旋?"我说。僧答非所问,曰:"施主归途中取一抹山之净土,踏踏那脚下之地,便可解'佛'说。"

归途,我倒没从了那僧人的话去取泥土。此举颇令人发笑,要说佛在哪,自始至终都无关我。

再见了,我的佛。望着那尊佛,我的内心突然安静了。头脑中的一切都变虚无了。此时心中只有一段话——

"一切有为法,如梦幻泡影,如露亦如电,应作如是观。"

仅仅是望着佛,就让我的心充盈着神圣与感激。

可佛在哪,我仍旧不知道。

离山后,我在心底默念了句"南无阿弥陀佛"。

我

　　我曾经，极度悲观，极度自卑，极度要强，极度脆弱，极度善良，极度纯粹，极度矛盾……会因为多吃了一个汉堡而讨厌自己，会因为一天没有按规定日程学习而痛苦。会因为长痘痘而急躁，会因为看到别人美好的外表和内在，而怨恨自己。

　　我曾经极度渴望独特，可以说我做的任何事都是为了彰显我的独特。

　　然而我现在全都敢说出来了。把我曾经认为的，我最难以启齿的脆弱，全都说出来了。这不能证明什么，也不能为我带来什么收益。也不是情绪压力释放的方式，那我为什么这么做呢？

　　为了当一个旁观者，有效地旁观我所有多余的悸动。为了做一个讲故事的人，不编造故事，而传递最真实的故事。为了让一些人好过，为了让一些人难过。

　　为了告诉你、你、你、你……

　　告诉大家：

　　我们都有过如此不堪的时刻；

　　我们都正在经历不堪的时刻；

　　我们将会重新拥抱不堪。

　　可那又如何呢？

　　我已经拥有过不堪了，甚至可以说我除了不堪（善良的不堪与邪恶的不堪）一无所有。所以我不害怕失去，不渴望获得什么。我只是一直走，一直用力地经历一些事，一直做一个旁观者，反刍我过往的悲伤。

　　简而言之，所有的，我所认识的人、所经历的事，我所拥有的情感与灵感力的碰撞，都只能成为我的写作素材，成为我思辨的媒介。

　　所以，尽管我有过不堪，我正在经历不堪，我将会拥抱不堪，我接受。

　　我全都接受，甚至还要享受。

没有尽头的隧道

我穿行在隧道里，头顶的光亮堂也阴晦，它淹没过我的脚趾头，我的手；指甲盖儿，耳鼻喉；我穿行过隧道，慢慢地，咀嚼，咬文，嚼字，吞咽，哈，不容易，憋出什么东西，又一股脑儿咽下去。我穿行在隧道里，停停走走，东张西望，欲言又止，是什么深深浅浅的痕迹？一眼万年头顶的光，眼见为实还是虚。我走着，仍然走着，任前路漫漫，道阻且长，咬文嚼字，不吞不咽，俨然无声。我穿过隧道，我又漫步在隧道里，前路突然无光，恐惧、矛盾——我仍在隧道里漫游，沿途没有风景，没有路人，我与我，并排前行。我在隧道里，突然明白了什么——道不清，说不明，走不完，逃不掉。我停下脚步，我望着头顶的黑暗，突然光亮袭来，鼻腔的酸涩让我重新体会到某些熟悉的滋味，我开始热爱微光，对它歌颂且赞叹。我停在原地，凝视着微光，我势必要打破一些东西……于是在这条没有尽头的隧道里，我勇于失去、自欺欺人、自我失落、妄自菲薄、骄傲自满、自相矛盾、自作多情、自我失落、妄自菲薄、骄傲自满……

妄想窥探人间哲学，只不过是对人生一隅哲思的熟悉；妄想破解宇宙奥秘，只不过是年少气盛时热血的释放方式。

某一天，会有这么一天，我们目睹自己的脆弱。我们无法自视甚高，无法胸怀大志。不敢想曾经的雄心壮志，甘愿接受自己的普通平凡。

那又如何呢？

支撑我们活下去的，永远就是这些，只有这些，毫无意义的——自我嘲讽。

那又如何呢？

偶尔失落的背后，才隐藏着哲理。

希望大家热爱自己的脆弱、悲伤、消极、矛盾、复杂、多虑、自我疑惑……只有靠这些东西你才能摆脱"时代"赋予你的，肉体心灵的双重枷锁。

2020年所发生的一切值得被记住。那些已经或即将成为过去的"历史"还会在未来的某一天成为你我的谈资。

但那时的情绪或许已经在岁月中迷上了蒙雾。

人们还是会在遗忘和得过且过中迷失自我、重蹈覆辙。

坏的、更坏的事都还会发生。只是那时我们这一代人或许已经习以为常，就像父母辈一样，少了畏惧。

因为我们所经历的"悲剧"，往往是结合了自身经历再辅以外界舆论而定义的。

已经经历过的悲剧以另一种形式降临世间，所以自然而然少了些畏惧。

但我们还是会哭、会笑、会流泪，会为平凡的人所感动，会有一瞬间的热血沸腾。在悲剧面前还是会着急或心存侥幸。

人性作祟。

但大多时刻，我们的身份依然在"麻木的看客"与"害怕灾难波及自己的普通人"中切换着，少部分的"我们"会成为普通的英雄，或是祸害千年的背锅侠。

其实我们没法去改变什么，我们没有权力去拒绝一切命定的安排。不用想着重新开始，因为明天总会比昨天给予我们更多经历。还有，我们太平凡了啊，我们没有权力打开虫洞回到过去，没有力量去研发大量的暗物质以便星际航行。

我们的渺小不用宇宙提醒，地球上的大自然会给我们最深的反映。对，大自然给我们的：

不是惩罚，不是怪罪，是宽容过后的提醒。

所以我们更不该绝望啊。

因为大自然一直都在包容万物，它以高频率的波震动着，干涉波在同样拥有高频率的"曾经的人们"身旁汇合：

那些曾经走过荆棘的强者、渡己渡人的圣者、无私奉献的英雄……他们的灵魂缠绕着大自然，同样滋养着我们。在更高的维度里，他们仍旧看着、祈祷着、勇敢着、感恩着、爱着……他们说：

"我曾是你。"

你看这遥远的相似性，像不像一对互相纠缠干涉的粒子？

所以我们被冠以相同的特性。

所以曾经被他们打败的东西，如今我们一定能打败。

曾经他们体验过的酸甜苦辣，我们也要慢慢体验。

现在只需要调整你震动的频率，高一些，以便你更好地接收到另一个维度空间，那个英雄般的你的信号。他会给你勇气、给你信仰、给你热情、给你一次"以另一种方式体验他的人生的机会"。

而提高震动频率的方式很简单，你可以去运动、去笑，在家窝着玩一天手机，在梦里遇见另一个梦……感恩你的家人、朋友，不要给别人添麻烦，别吃野生动物……

别想那么多绝望，它没有任何用，只会降低你自身震动的频率。

句（1）

连自己都不爱，是没有勇气去爱别人的。或许说这不是爱，是一种期盼，期盼通过对别人好来展现自己爱人的能力。

句（2）

一切先知的灾难都是为了延缓人类自我毁灭的脚步。

句（3）

以不变应万变，出发点是心态。以万变应万变，出发点是手段。

句（4）

如果事事都和别人比，你该活得多么不像自己，放轻松啦！

句（5）

正因为学习科学与哲学改变了我的思考方式，人文艺术才能更好地治愈我。所以你看，所谓截然不同的理性主义与感性主义，两者其实相辅相成。没有什么比什么高尚，只在于学习的人怎么看待这个问题。

句（6）

被爱和悲哀有时候是一体的，不信你看它们的音节。

句（7）

　　我总相信，在某个与时空交错的空间里，保存着人们最美好的记忆，
　于是那些绚烂的、难以忘怀的东西，就以另一种形式变成永恒了。我也相信，我们现在正在为记住一些美好的记忆而虚构一个美丽的故事；只要我一直相信这个故事，那与故事有关的回忆就永不褪色。

句（8）

时间只是生命成长中的过客。

道生一，一生二，二生三，三生万物……生命永远只会蓬勃发展，哪怕是短暂的枯萎，也是蓬勃发展的一部分。生命的成长从来不受时间、空间限制。有时看不到它的存在，只是因为我们眼中的生命正在以另一种形式蓬勃发展。因而我可以大胆地说，在我相信的世界里，时间只是我的成长历程中的一个过客。我们从来不用与时间赛跑，因为时间从来都无意与我们争执，它只会在我们的成长途中，与我们擦肩而过，然后挥挥衣袖，不带走我们身上的任何一束光芒。

句（9）

　　我们在风里寻找存在的意义，发现局中人也能是旁观者。

　　某天我沿着海边堤坝散步，顺着海风朝远方踱步而去。风中的我，分明清晰感受到了我与自然无形的连接：在那一瞬间，谁都不发一语，人类不再自傲地用我们的文字，缔造出一个个在自然中感动自己的故事；自然不再用自己伟大的力量，向人类宣誓，或者证明自己的强大。我与自然，竟然能在某一瞬间平等地当面而立，或许各自都在思考自己存在的意义，谁都不清楚自己存在的意义，但那一瞬间谁都能真切感受到我们"正在存在"。随即内心迸发出的欣喜、感恩、平和之感，填满了我的世界的每一隅。我忽然旁观到了这种情感，然后为此感到惊奇。惊奇过后是反思，是更加深刻的反思，是少了许多矛盾的反思。原来无论处于什么形势中，局中人也能是旁观者，只要你能"明白"风，"感受"风，"抓住"风，"理解"风，"放走"风。

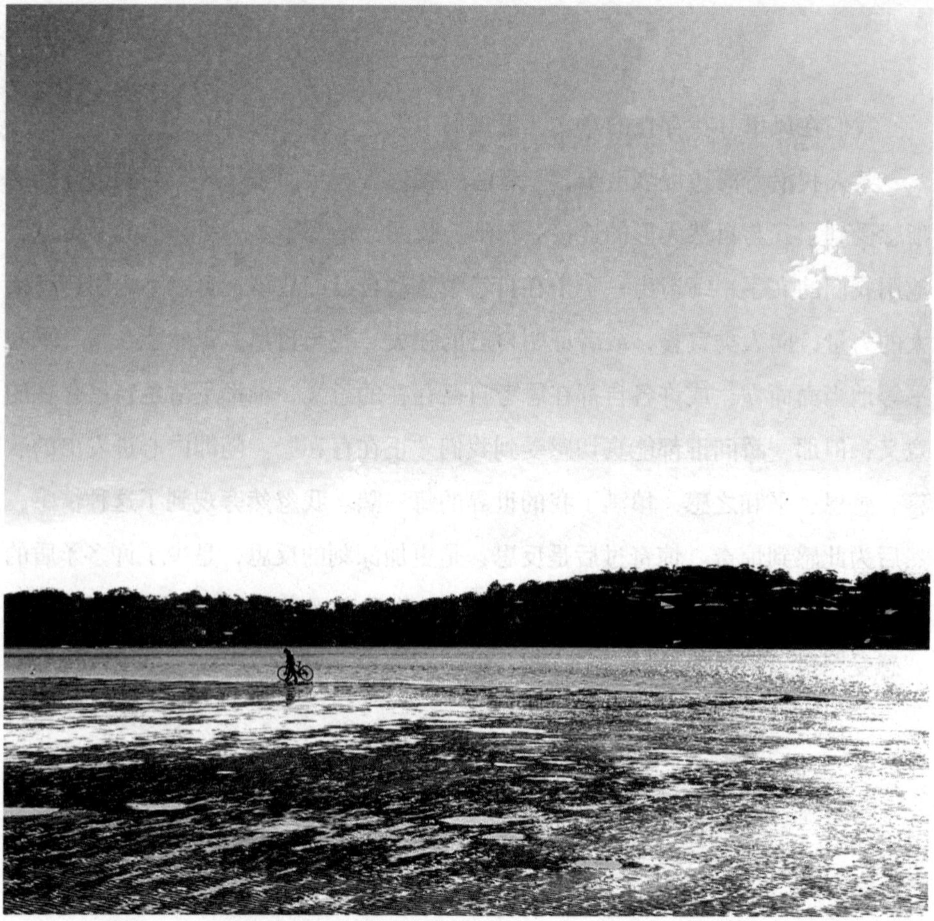

句（10）

"Not the image is false, But the relation is false."

很多时候，美好的画面、回忆、经历……从来都不能被定义成"坏"的，或者"浪费时间"的，这些人们曾经拥有过的【发生】，都只是客观存在的存在物。而有时我们会认为这些发生是"错"的，是"不正确"的，那是因为我们臆想中的与这个【发生】的关系是错的：我们认为我们忍受了这个【发生】，我们承受了【发生】，但如若你开始接受甚至享受这个【发生】，改变你与发生的"relation"，那么，你绝对不会定义一段【发生】或者你曾经拥有过的【image】是错误的；当然你也不会定义它是好的，或者用其他华丽的辞藻点缀它。你只会明白，原来任万事发展，【发生】只是一个客观存在的存在物，不具有任何意义，却能给予我们的成长无限意义。

句（11）

唯二使我心灵震撼的：一是我头顶的星空，一是我心中因对美的欣赏而萌发的道德感。

原来我们不一定要拥有星光的璀璨，但一定会因为某天能窥到璀璨星河的一角而感动。正如我们不愿意烧掉一副名画一样，即使世界上只剩下你一个。听起来很神圣，但是，这种特殊的、与某物的羁绊，不该被神化，也不该被我们拿来与人类对事物的其他爱（羁绊）相媲美。所有羁绊的发生都有伊始的理由，都会促使我们为此许下诺言，或者做一些事来填满空虚的自己……然而我必须承认，人类因为理性与感性混合而衍生的、对某事某物某人的欣赏之爱、对"美"的真正热爱：想让每个不知道"美"存在的人，与自己一同欣赏"美"，这种爱，让我们变得真诚且温柔；这种爱，让我们充满了道德。

句（12）

人类在用大自然给予我们的一切，为人为虚构的故事买单。

句（13）

诡辩后思辨，达观且自由。

如何用思源的丰盈唤醒内心从容的平静，从而变得达观且自由呢？要点在于，当思考一件事的时候，用"诡辩"的话术找寻反驳自己观点的理由，然后再用他人的观点及提供的事实论据丰富这个理由，最后，跳脱于全局之外，进行更深一层的自省——自由。

当你以"我的想法是这样的……"开头时，表述完你的想法后立刻去反驳自己——我的想法不重要，因为我的想法只是真实的我的一部分，它很片面；它会随着时间的流逝而改变，它不具有恒定性；任何想法之所以是想法，正是因为它的虚构和难以实现性；过度信赖自己的想法会局限我的发展，而我的发展一旦被局限就会为我下一次的思考提供更狭隘的想法，如此反复，我只会越变越狭隘。聪明的苏格拉底曾说过："我唯一知道的事就是我什么都不知道。"而我不可能与苏格拉底相媲美，当苏格拉底在衍生出许多想法后都对自己的想法说"no"，然后自谦道"我什么都不知道"，我又为什么有理由相信我的想法呢？

然而这时候，你又会得出结论：我的想法一点都不重要，那我为什么要去思考？这时候，你又要开始用"诡辩"来反驳自己：笛卡尔曾说过，"我思故我在"……

如此反复，你就会陷入一个思维的永恒轮回中，永远反复。

然而你以为这就结束了吗？不，时间还没到……永恒轮回不会结束，但你可以选择以旁观者的视角看待自己身处的永恒轮回。如尼采在《查拉图斯特拉如是说》中所述的那样，你可以欣赏、感恩这个永恒轮回：因为它只是客观存在的存在物，不带有任何其他的意义——身处永恒轮回中的我们，并不会因此而被囚禁在命运的圈里，或者被自己的思想控制，或者看起来蠢笨如猪，所做的一切都没有意义……停止为它编造故事。它就是它，就是永恒轮回，它没有意义，但我们却能借它"发明"一个个意义。

这便是人类热爱编造故事的劣根性，也是我们作为人最深的美丽。我们只需要接受、欣赏这种特性就好了。然后去想：我的想法重不重要，它根本就不是一个问题，也不需要答案。

如此，便能用思考的方式跳出自己给自己设下的"思考骗局"，达观，且在自己的个人世界里自由。